JN284824

西鶴に学ぶ
貧者の教訓・富者の知恵

中嶋 隆

創元社

装丁　濱崎実幸

西鶴に学ぶ――貧者の教訓・富者の知恵＊目次

はじめに――序にかえて

金銀を溜《た》むべし。これ二親のほかに命の親なり（『日本永代蔵』巻一の一）。

こんなことを書いた西鶴は、俗物と思われるかもしれない。でも「金銀は命」と言い切ってしまえる西鶴は、なんと率直で、たくましいのか。

俗世を離れて極楽往生するのが人生と、長い間考えてきた日本人は、一七世紀に新しい価値観をもった。そして、現代日本人の人生観や価値観のルーツは、ここにある。幕藩体制の流通経済を支えた大阪が、現実的で新しい価値観の発信地であり、西鶴はその旗手だった。だからこそ、現代でも西鶴の小説は面白いのだと思う。

経済をテーマにした小説を書くのは、現代作家でも難しい。不況・好況の経済情況に応じた人間模様や教訓が、絵空事ではすまされないからだ。その点、西鶴の経済小説は、実用経済書と同じぐらい実践的で、かつ現代小説と同じように、人間が生き生きと描かれている。

江島其磧から井上ひさしまで、西鶴に心酔した作家は数多い。時代を超えて、創作のプロがみな西鶴作品を評価している。これは、すごいことだ。読んだあと、しばらく黙り込み、むさぼるように読み返し、天井を仰ぎ「こりゃ、かなわん」と言ったに違いない。私もそうだったから。

こんなに面白い小説なのに、作品を読んだことのない人が、けっこう多い。小説との出会いが、人生を変えてしまうこともある。西鶴を読み始めて四〇年。作品を読むたびに、私は人間の不思議さや素晴らしさを発見する。

さて本書には、西鶴ファンはもちろん、西鶴を初めて読む方にも、その面白さが伝わるように工夫をこらした。まず、各章タイトルに、その内容が示されている。一章から順番に読んでいく必要はない。タイトルと脇に添えた教訓とを一覧して、興味のわいた章から読んでいただきたい。

古文の苦手な方は、現代文を読むだけでけっこう。それだけで、じゅうぶん面白いはずだ。もちろん、リズミカルでテンポの速い西鶴の文章を味わいたい方は、原文を味読してほしい。

次に解説文である。教科書みたいな叙述は避けて、西鶴の生きた時代が自然とイメージできるように心がけた。三〇〇年以上前とはいえ、元禄時代は現代と似ている。「えっ、ほんまに」と現代人でも納得してしまう世相が多い。そんなこともあって、私の個人的な体験なども挟みながら、解説を書いた。いわゆる教養書の解説とはひと味違う、という感想をもっていただけたら幸いである。

第三に、各章末に「教訓」をまとめた。これは西鶴が述べた教訓ではなく、私が作品から読み取った教訓である。あえて余白をもうけたのは、そこに読者の皆さんの読み取られた教訓を書き加えていただきたいと思ったからだ。

西鶴は、高いところから読者を説教するような作家ではない。作品という引き出しから、読者が自由に取り出した教訓が加えられて、はじめて本書は完結する。

平成二四年正月吉日

中嶋　隆

第一章
金が金を儲ける

まづ今時の商売、かね親うしろだてなくては、中々分限《ぶんげん》にはなられず候。その覚悟ない事、不才覚に存じ候。世の人は賢きものにて、まただましやすく候。（『万の文反古』巻五の一）

まず最近の商売は、資本を用立てる人が後ろ盾にならないことには、金持ちにはなられないものです。その覚悟のないことが、つまり才覚がないということだと思います。世の人は賢くて、かつだましやすいものなのです。

江戸時代には、士農工商の最下位に置かれた商人が虐げられていたと思われるかもしれない。しかし、少なくとも西鶴の生きた一七世紀は、士農工商の別は職業の違いにすぎないのであって、人間の価値には変わりがないと、一般に考えられていた。

侍の義理をテーマにした短編集『武家義理物語』序文で、西鶴は次のように書く。

それ人間の一心、万人ともに替れる事なし。長剣させば武士、烏帽子《えぼし》をかづけば神主、黒衣を着すれば出家、鍬を握れば百姓、手斧つかひて職人、十露盤《そろばん》をきて商人をあらはせり。その家業、面々一大事をしるべし。（『武家義理物語』序文）

そもそも人の心というものは、誰でも変わることがない。大刀を差せば武士、烏帽子をかぶれば神主、黒衣を着れば僧、鍬を握れば農民、手斧を使えば職人、算盤を置けば商人だ、とわかるものなのだ。だから、めいめいが自分の家業を大切にしなければならない。

人間は同じ。侍だから人間がすぐれているわけではない。侍も商人も与えられた職業を大切にしなければならない。だから、商人が家業に励んで金を儲けることは少しも悪くない。侍が主君のために命を落とすのと同じことだ。

こういう人間観は、西鶴や芭蕉の活躍した元禄文化の基底に存在した。「人間の一心、万人ともに替れる事なし」という西鶴の文章からは、一七世紀の商人の本音が聞こえるようである。

現代では、商品先物や株の相場で儲かった話をされると、大概のサラリーマンはいやな顔をする。他人より早く情報を集め、正確な分析をして金を儲けたなら、それは「才覚」の結果で、褒められこそすれ、うしろめたいことはない。そうは言っても、東京六本木の高級マンションに住み、高級外車を乗り回す二〇歳そこその投資家などみると、「この野郎」と思うのが人情である。

「商人《あきんど》が銭儲けて、なに、あかんねん」

西鶴なら、そんなサラリーマンにこう言い返すだろう。どんなに不景気でも金はあるところにはある。それが儲からないのは、商人が無能だからだ。

世界は金銀たくさんなるものなるに、これを儲くる才覚のならぬは、諸商人に生まれて口をしき事ぞかし。

（『世間胸算用』巻五の四）

世の中には金銀がたくさんあるものなのに、これを儲ける知恵がわいてこないのは、商人と生まれて悔しいことだ。

さらに、西鶴はこうも言う。

……………………………
（金銀は）**これほど世界に多きものなれども、小判一両もたずに、江戸にも年をとるもの有り。**

（『世間胸算用』巻五の四）

金銀は、これほど世間に多いものなのに、金の儲けやすい江戸にも、小判一両持たずに年越しをするものがいる。

いつの世にも、家業をしくじる者がいる。また、道徳・倫理に背いて金を稼ぐ者もいる。「どないして、銭、儲けはる？」

これは、三五〇年前の商人にも、現代の我々と同じように大問題であった。が、けっして西鶴は拝金主義者ではない。

……………
人は実あって偽りおほし。

（『日本永代蔵』巻一の一）

人は誠実であり、また虚偽も多い。

……………
人ほど賢くて愚かなる者はなし。

（『日本永代蔵』巻五の二）

人ほど賢くて、また愚かなるものはない。

西鶴の経済小説に描かれているのは、矛盾をはらんだ人間の不思議さである。「人はばけもの」(『西鶴諸国ばなし』序文)であるにもかかわらず、その人間さえ翻弄する金儲けの世界。西鶴の描いたエピソードを取り上げながら、その知恵に迫ろう。

西鶴の「経済」をテーマにした最初の小説が、貞享五年(一六八八)に刊行された『日本永代蔵』である。その巻頭「初午は乗てくる仕合」と題した章の書き出しを、まず現代語訳し、原文をその後に載せる。

天はものを言わないが、国土に深い恵みを与える。人間はもともと誠実なのだが、虚偽もまた多い。人の心は本来「虚」であって物に応じて形を変えるが、その跡を残さない。世の善悪のただなかに立って、政道正しい今の御世とはいえ、豊かに暮らす者は選ばれた人で、決して凡庸な人ではない。

一生の大事は世渡りなのだから、士農工商はもちろん出家、神職にかぎらず、倹約大明神の御託宣に従い、金銀を貯めるべきである。金銀は、両親を別にすれば命の親のようなものだ。人間の命は長いと思っていても、明朝はどうなるかもわからず、短いと考えれば、今日の夕方にも死ぬかもしれない。だから李白も「天地は旅宿で、月日は永遠の旅人、浮世は夢のごとし」と詩に書いている。

人間とて死んでしまえば一片の煙、そうなってしまえば、金銀は瓦石と同じで、冥土の用に立ちはしない。それはそうだが、残しておけば子孫のために役立つものだ。ひそかに考えると、世のあらゆる願いごとで、金の力でかなわないことは、生・老・病・死・苦の五つだけで、このほかにはない。金銀にまさる宝があるはずがない。

見たことのない島の鬼が持っている隠れ笠や隠れ蓑は、手に入れてもにわか雨の役には立たないものだ。だから、実現しそうもない願望を捨て、それぞれの家職に励むのが金銀を得る近道である。福徳には身体も身持ちも堅固なのが一番。朝夕、油断してはならない。ことさら世間の「仁義」を大切にして神仏を信仰しなければならない。これが日本古来の習慣である。

天道もの言はずして、国土に恵みふかし。人は実あつて、偽りおほし。その心《しん》はもと虚にして、物に応じて跡なし。これ善悪の中に立つて、すぐなる今の御代を、ゆたかにわたるは、人の人たるがゆゑに、常の人にはあらず。

一生一大事、身を過ぐるの業、士農工商のほか、出家、神職にかぎらず、始末大明神の御託宣にまかせ、金銀を溜むべし。これ、二親のほかに命の親なり。人間、長くみれば、朝《あした》をしらず、短くおもへば、夕《ゆふべ》におどろく。されば天地は万物の逆旅《げきりよ》、光陰は百代《はくたい》の過客、浮世は夢まぼろしといふ。

時の間の煙、死すれば何ぞ、金銀、瓦石にはおとれり。黄泉の用には立ちがたし。然《しか》りといへども、残して子孫のためとはなりぬ。ひそかに思ふに、世に有るほどの願ひ、何によらず銀徳にて叶はざる事、天が下に五つ有り。それよりほかはなかりき。これにましたる宝船の有るべきや。

見ぬ島の鬼の持ちし隠れ笠、隠れ蓑も暴雨《にはかあめ》の役に立たねば、手遠き願ひを捨て、近道に、それぞれの家職をはげむべし。福徳はその身の堅固に有り、朝夕油断する事なかれ。ことさら世の仁義を本として、神仏をまつるべし。これ和国の風俗なり。（『日本永代蔵』巻一の一）

ここまでは、序文のない『日本永代蔵』の実質的な序にあたる文章なので、長々と引用したのだが、西鶴の人間観と金銭観とが良くあらわれている。

この世のすべてが金でかなうのだから、金銀を大切にしろ。そして家業に励んで世の「仁義」を守り、神仏を信仰しろ。

西鶴のいう「仁義」とは、今のコンプライアンスのような意味である。なんと真っ当な商人観だろう。しかし、そういう当たり前のことをやっていられないのが、人間の性《さが》である。

この章は、次のように話が展開する。


季節は山も春めく二月初午の日、和泉国に鎮座する水間寺の観音に、貴賤男女が参詣する。人々はみな信心からではなく、欲得ずくからお参りをする。はるばると苔路をたどり、野焼きのあとに生えた姫萩、荻を踏み分けて、まだ花も咲かない片田舎に来て、この観音様にお祈りするのは、分相応に裕福になりたいと願うからである。

御本尊にしてみれば、一人一人に返答するのも面倒で、

「今、この娑婆につかみ取りの金銀などあるはずがない。そんなことを仏頼みしないで、たとえば百姓が天職ならば、それなりの仕事がある。夫は田畑を耕し、妻は機《はた》を織り、明け暮れその仕事に励むべきだ。人はみな、そうやって生涯を送れば良い」

と、戸帳越しにあらたかなお告げを垂れるのだが、参詣人の耳に入らないのは、嘆かわしいことである。

そもそもこの世で、借金の利息ほど恐ろしいものはない。ところが水間寺には、大勢の参詣人が寺から金を借りる習慣がある。その年に一銭借りたなら翌年二銭返し、一〇〇文借りたなら二〇〇文にして返却する。これは観音様の銭なので、借りた人はみな、間違いなく返納した。

折節は春のやま、二月初午の日、泉州に立たせ給ふ水間寺の観音に、貴賤男女参詣《まう》でける。みな信心にはあらず、欲の道づれ、はるかなる苔路、姫萩、荻の焼け原を踏み分け、いまだ花もなき片里に来て、この仏に祈誓かけしは、その分際ほどに富めるを願へり。

この御本尊の身にしても、独り独りに返言し給ふもつきず、

「今この娑婆につかみ取りはなし。我頼むまでもなく、土民は汝にそなはる。夫は田打ちて婦は機織りて、朝暮そのいとなみすべし。一切の人、このごとく」

と、戸帳ごしにあらたなる御告げなれども、諸人の耳に入らざる事の浅まし。

それ世の中に借銀の利息ほど恐ろしきものはなし。この御寺にて万人借り銭することあり。当年一銭あづかりて来年二銭にして返し、百文請け取り二百文にて相済ましぬ。これ観音の銭なれば、いづれも失墜なく返納したてまつる。

（『日本永代蔵』巻一の二）

大阪府貝塚市にある龍谷山水間寺（水間観音）は、他地方では知る人が少ないが、大阪の皆さんには厄除け観音でおなじみの古刹である。現在は、水間鉄道終点の寺院風な駅舎から歩いて一〇分もかからないけれど、当時は西鶴が書いているように、参拝するのにも一苦労だった。お参りした人は、名物の野老《ところ》（ヤマノイモの一種）を買ったというから相当な田舎である。

御本尊は、聖武天皇の夢枕に現れ、勅命を受けた行基上人が滝の中から探したと伝えられる由緒正しき聖観世音菩薩。現在まで御開帳もされたことのない、そのありがたい観音様が、

「みんな金持ちになることばっかし願いおって、やってられへんわ。仕事、きっちりやったらええんや」

と、お告げになるのだから、何ともおかしい。

水間寺は、当時ユニークな金融をしていた。参詣人が、借りた銭を翌年倍にして返すというものである。お賽銭がわりに少額を借りて返せば、善男善女の負担はたいしたことはない。ところがお寺にとっては、現代のサラ金の利率をはるかに上回る利息が確実にまわってくるのだから大儲けである。誰が考えたのか知らないが、「それ世の中に借銀の利息ほど恐ろしきものはなし」ということをよく知っていた坊さんだろう。

このころ「死《しに》一倍」という闇金融があった。親が死んだら、その遺産から、借金の倍額を返すというもので、西鶴は、その実態を『本朝二十不孝』巻一の一「今の都も世は借り物」という短編に描いている。このメチャクチャな違法金融でも年利は二割である。水間寺の年一〇割という利率が、いかに高利か、分かるだろう。坊主丸儲け……（失礼）である。

ちなみに、このお寺の境内には、西鶴が『好色五人女』で描いた「お夏・清十郎」の墓がある。

さて、ここに、世間の常識を越えた男が現れた。

参詣人はそれぞれ五銭か三銭、せいぜい一〇銭以内を借りていたが、ここに歳のころは二三、四の男がいた。体つきは太めで、たくましく、身なりは質素、髪型は野暮ったい跡上がり[*1]である。着物は時代遅れの仕立てで、袖丈は狭く裾まわりは短く、上着も下着も紬《つむぎ》の太織りを無地の花色染め[*2]にし、それに同じ布地の半襟をかけて、木綿裏の上田縞[*3]の羽織を着ている。中脇差には柄袋をはめ、世間体もかまわず尻からげしていた。

参詣したしるしに、山椿の枝に野老《ところ》を入れた籠をくりつけた物をかついで、帰るところだったようだが、御本堂の前に立ち寄って、「借り銭一貫[*4]」と声をあげた。係の僧が、貫ざし[*5]のまま銭を渡したが、国元も名も聞かないまま、この男は行方知れずになってしまった。寺僧が集まり、

「当山は、開闢《かいびゃく》以来、まだ一貫の銭を貸した例がない。借りたのは、あの男が初めてだ。この銭が返却されるとは、とうてい思われない。今後は、額の多い銭を貸すことはやめにしよ

う」

と、話し合ったそうだ。

＊1　跡上がり——月代《さかやき》を狭く剃り、髻《もとどり》を高く結った中・下層商人の髪型。
＊2　花色染め——縹《はなだ》色染め。藍染めで、染め直しができる。
＊3　上田縞——長野県上田地方で産出した縞模様の紬。裏地を三度替えても表地は変わらないと言われたほど丈夫である。
＊4　銭一貫——銭一〇〇〇文。銭四貫文で、だいたい金一両となる。
＊5　貫ざし——一〇〇〇文（実際には九六〇文）の銭を麻糸の紐に通したもの。

おのおの五銭、三銭、十銭より内を借りけるに、ここに歳のころ二十三、四の男、生まれ付き太くたくましく、風俗律義に、頭つき跡あがりに、信長時代の仕立て着物、袖下せはしく、裾まはり短く、上下ともに、紬のふとりを無紋の花色染めにして、同じ切れの半襟をかけて、上田縞の羽織に木綿裏をつけて、中脇指に柄袋をはめて、世間かまはず尻からげして、ここに参りし印の、山椿の枝に野老《ところ》入れし髭籠《ひげこ》取りそへて、下向と見えしが、御宝前に立ち寄りて「借銭一貫」と言ひけるに、寺役の法師、貫ざしながら相渡して、その国、その名を尋ねもやらず、かの男行き方知れずになりにき。寺僧集まりて、「当山開闢《かいびゃく》よりこのかた、終に一貫の銭貸したる例《ためし》なし。借る人、これが初めなり。この銭済むべきこととも思はれず。自今は大分に貸すこと無用」

……と、沙汰しはべる。

（『日本永代蔵』巻一の二）

服装の描写が煩わしいかもしれないが、要するに、量販店で売っているような丈夫で地味な背広を着た、刈り上げ頭のサラリーマンといった風貌の男が、ズボンが汚れるのを嫌って、裾をめくりあげている態である。

こんな男が、身元も明かさずに高金利の大金を借りた。水間寺の僧たちには、想定外の出来事である。なぜなら、これまでは借り手と貸し手との間には「信仰心」という暗黙の契約書があったのだが、返されそうもない大金を借りたこの男の場合には、それが不確実になってしまったのだから。たとえ詐欺だと思っても、参詣人の「信仰心」を疑われないのが僧のつらいところである。

ところが、この男は一三年目に、利息をつけて借銭を返す離れ業をやってのけるのだ。一貫の銭がいくらになるのか、現在では複利表を見ればすぐに解答が出る。すなわち八一九二貫である。銭四貫文を一両に換算すると、二〇四八両になる。

当時は『塵劫記《じんこうき》』という算術書に、この計算方法が載っていたし、算盤でも勘定ができた。西鶴は、本文中に正確な数値を書き込んでいる。

では、この商人はどうやって法外な利息を稼ぎ出したのだろうか。

…………この男の住所は武蔵国江戸で、その小網町の末に住んで漁師相手の廻船問屋を営んでいた。次第に家業が繁盛してきたのを喜んで、掛硯《かけすずり》に「仕合丸」と書きつけ、水間寺の銭をその引き出しに入れておいた。

漁師が出船するたびに、この銭の謂《いわ》れを説明して一〇〇文ずつ貸したところ、借りた人には幸運が訪れると、遠い漁村にまで評判になった。それからは、次々と毎年銭が集まり、一年に倍になる勘定で、一三年目には、もと一貫の銭が八一九二貫となった。

そこでこの男は、この銭を、東海道を通し馬で運んで水間寺に積み重ねたので、僧はみな横手を打って感心した。その後、使いみちを相談した結果「後の世の語り草にしよう」と、都から大勢の大工を招いて宝塔を建立した。ありがたい観音様の御利益である。

この商人の内蔵には常夜灯が灯り、屋号は網屋といって、武蔵国では知らない人がいない。そもそも、親の遺産などなくても自分ひとりの才覚で裕福になった商人のなかで、銀五〇〇貫目以上の財産持ちを分限《ぶんげん》といい、一〇〇〇貫目以上を長者という。この銀の勢いでさらに幾千万貫目にも財産が増えるだろうと、網屋では万歳楽の祝言でお祝いをした。


その人の住所は、武蔵江戸にして小網町のすゑに、浦人の着きし舟問屋して、次第に家栄へしをよろこびて、掛硯に「仕合丸」と書き付け、水間寺の銭を入れ置き、漁師の出船に、子細を語りて、百文づつ貸しけるに、借りし人自然の福《さいはい》有りけると、遠浦に聞き伝へて、せんぐりに毎年集まりて、一年一倍の算用につもり、十三年目になりて、もと一貫の銭八千百九十二貫にかさみ、東海道を通し馬につけ送りて、御寺に積み重ねければ、僧中横手を打ちて、そののちせんぎあつて、すゑの世のかたり句になすべしと、都よりあまたの番匠をまねきて、宝塔を建立、有難き御利生なり。
この商人、内蔵には常灯の光、その名は網屋とて武蔵にかくれなし。惣じて、親のゆづりをうけず、その身才覚にしてかせぎ出し、銀五百貫目よりして、これを分限といへり。千貫目のうへを、長者とは言ふなり。この銀の息よりは、幾千万歳楽と祝へり。
（『日本永代蔵』巻一の三）

当時は、銀一〇〇〇貫目以上の資産家になると、貴重品を収納する内蔵に常夜灯を灯したから、ダサくて胡散臭かった男が、一三年後には最高ランクの「長者（資産家）」になったというわけである。銀一〇〇〇貫目とは、銀一〇〇万匁のことで、銀一匁を一五〇〇円（米価換算）で計算すると、一五億円になる。

一読すると、この小説は信仰心の厚い商人の話である。現代でも、そう読まれることが多い。しかし、注意深い読者なら、おかしな点に気づくはずだ。西鶴は、網屋がどうやって、「長者」になったのか、説明していないのだ。

だって、そうでしょう。水間寺の銭を漁師に貸し出して利息ともども回収しても、肝心の自分の財産そのものが増えたわけではないのだから。金銭感覚に富んだ当時の読者は、「網屋が誠実で信仰心に富んでいたから、長者になった」などというありきたりの解答では満足しなかったに違いない。

……もとで持たぬ商人は、随分才覚に取廻しても、利銀にかきあげ、みな人奉公になりぬ。

資本をもたない商人は、知恵才覚を働かせて商売しても、儲けを利息にとられて、人のために苦労することになる。

（『西鶴織留』巻一の二）

こんなシビアな考え方をする西鶴が、信仰心さえあれば自然と金が儲かるなどと、無邪気に思っているはずがないのだ。

本書全体にかかわることなので、当時の経済状況について、簡単に説明しておこう。

「元禄時代」というと、満面笑みの三波春夫が「こんにちは、こんにちは」と歌った大阪万博のころのように、誰もが夢を見られた高度経済成長期をイメージする人が多い。実際には、上方商人が、江戸に行けば大金持ちになれるという夢を抱けたのは、西鶴が二〇代だった寛文初めごろまでである。

三代将軍家光の時代には、参勤交代で江戸に集まる全国の侍を養うために、都市基盤と商品流通経路の整備に大金が投じられた。それが、上方にも、昭和の高度経済成長期のような好景気をもたらしたのだが、綱吉が五代将軍職についた天和・貞享期になると、緊縮経済政策がとられるようになった。『日本永代蔵』が刊行された貞享五年（一六八八）までの、綱吉政権の主な経済政策を挙げると、次のようになる。

天和元年（一六八一）　江戸市中の米・麦等の買い置き、買い占めを禁ずる。

天和二年（一六八二）　酒造半減令を出す。

　　　　　　　　　　中国船の来航数を九分の一に制限する。

　　　　　　　　　　勘定吟味役（勘定所の奉行以下諸役人の違法を監査する役）を設置。

天和三年（一六八三）　贅沢品の輸入を禁止。

　　　　　　　　　　華美な衣服の着用を禁止。

　　　　　　　　　　酒造半減令解除。

貞享元年（一六八四）　長崎貿易で、糸割符《いとわっぷ》制（生糸を特定商人が寡占輸入する制度）を再導入する。

貞享二年（一六八五）　翌年からの長崎貿易の額を、船ごとに制限する。

貞享三年（一六八六）　琉球貿易額を制限する。

貞享四年（一六八七）　田畑永代売買禁止令を再令。

元禄元年（一六八八）　酒造半減令を再令。

　　　　　　　　　　中国船の来航数を七〇艘に制限する。


このように、西鶴が『好色一代男』で天和二年（一六八二）に小説家デビューしたころには、日本経済は低成長、デフレの時代に入っていた。貿易拡大や規制緩和による市場拡大政策がとられる現代とは違って、江戸幕府の政策は、貿易統制と消費の制限だったから、当時の商人たちの閉塞感が想像できよう。そういう時代背景を考えると、西鶴の経済小説の読み方も変わってくるはずだ。

もう一度「初午は乗てくる仕合」に戻って考えよう。

そもそも、この男（網屋）が、江戸から旅費をかけてわざわざ水間寺にやってきて、銭一貫を借りたのは、計算づくの思惑をもっていたからだと考えるのが普通であろう。当時の読者も、そう思ったにちがいない。その思惑とは何か。

私は、網屋は、法外な利息をとる「水間寺銀行」の江戸支店を作ろうとしたのだと思う。つまり、銭一貫などと限定しないで、手持ちの資金を、あるだけ「仕合丸」と書いた掛硯の中に入れておけば、翌年には倍になって戻ってくる。年一〇割の高利を保証するのは水間寺観音信仰である。だから、掛硯に「仕合丸」と書き付けて、縁起をかつぐ漁師たちの噂を利用した。

水間寺に返却したのは、そうやって増やした財産の一部……と考えてしまうのは、信仰心の薄い私の性《さが》のせいか。実は、こういう読み方をしているのは、私だけではない。

最初に指摘したのは、矢野公和氏『虚構としての「日本永代蔵」』（笠間書院、二〇〇二年）である。西鶴の経済小説は、想像力をまじえて読むと、実に面白い。

水間観音が「家業を大切にしろ」と告げても、元手（資本）のない商人は、知恵才覚で銭を儲けなければならない。網屋の才覚は、信仰心に裏打ちされた水間寺の金融システムを利用することにあったのだ。

さらに、網屋にはしたたかな面がある。それは、八一九二貫文の銭を、銭のままの状態で、水間寺に届けたことである。当時は、三都の本両替屋仲間（金融組合）で為替制度が確立していたので、輸送コストのかかる、こんな馬鹿なことをする必要はまったくない。本来なら為替手形一枚で済むことなのだ。

この章の挿絵に画かれているように、銭のまま、荷駄で運んだとなると、総重量が七八六四貫三二〇匁（『日本古典文学体系　西鶴集・下』岩波書店、一九六〇年の注）、つまり約二九・五トンになる。これを通し馬で運んだのだから、一駄に四〇貫目を乗せるとして、一九七頭の馬匹《ばひつ》が必要になる。

フィクションとはいえ、当時の読者が為替手形を知らないわけはないから、銭のまま運ばせたのには理由がある、と考えたはずだ。誰もが考えつくのは、網屋が水間寺の借銭と利息とにまったく手を付けなかったということを強調するため。こう解釈すると、網屋は、潔癖でクソまじめで信仰心の厚い商人となる。

しかし前述した理由から、矢野氏の言うように、網屋は水間寺の金融システムを利用して自己資産を巧みに運用したのだと思う。このような読み方をすると、網屋は、なぜ莫大な輸送コストを、あえてかけたのかが問題になる。私は、網屋の銭の

水間寺へ通し馬で銭を運ぶ一行（『日本永代蔵』巻一の一）

移送は、宣伝効果を狙ったパフォーマンスだったと考える。

何を宣伝したのか。それは、一三年経っても、きちっと借銭を返したという「信用」だろう。当時は、掛け売買の信用取引が一般的だったので、商人の「信用」が、今で言う企業価値の根本となった。特に多くの人々が出入りする問屋稼業は、見せかけが大事だった。

網屋は、こんな無駄な出費をものともしない財産と信仰心とを持った篤実な商人という評判を得たかったのではないか。その上、返却された銭で「宝塔」を建立した水間寺は、結果的には網屋の宣伝塔を建てたことにもなる。この男は、けっして損はしていないのだ。

「わしの書いた小説を、そのまんま読んだらあかん。よう考えてみいや。商いのヒント、山盛りにしたあるさかいに」

デフレと不況のただ中で小説を書いた西鶴が、そう読者に訴えかけている。

教訓

一、出資者がいなければ儲けられないことを自覚して、まず資本を集めることが商人の才覚である。

一、商人の信用は、律儀な生活と地味な服装から得られる。そして信用は演出するものである。

第二章

金銀が町人の氏系図

常の町人、金銀の有徳《うとく》ゆゑ世上に名をしらるる事、これを思へば、若きときよりかせぎて、分限のその名を世に残さぬは口をし。俗姓、筋目にもかまはず、ただ金銀が町人の氏系図になるぞかし。

（『日本永代蔵』巻六の五）

商人は、豊かな財産があるゆえ世間で名を知られるものだ。これを思うと、若いときから稼ぎ、金持ちだという名声を世に残さないのは無念である。家柄や血筋に関係なく、ただ金銀こそが商人の氏系図なのだ。

西鶴が、好況・不況の両時期を体験していたことは重要だと思う。たとえば、『日本永代蔵』の巻一の三「浪風静かに神通丸」では、次のように書かれる。

自分の心がけひとつで、大金持ちになれるものなのだ。そもそも大阪の金持ちは、代々続いたのではない。たいていは吉蔵、三助などと呼ばれていた丁稚から成り上がった人たちだ。金持ちになって余裕ができてから、詩歌・鞠・楊弓・琴・笛・鼓・香会・茶の湯などの教養も自然と身についた。上流階級の人々と付き合うようになると、昔の下品な訛りも口にしなくなる。とかく人は境遇次第、御公家様の御落胤でも、内職の造花を売るほど落ちぶれるかもしれない。

おのれが性根によつて、長者にもなる事ぞかし。惣じて大坂の手前よろしき人、代々つづ

さしにはあらず。大方は吉蔵、三助がなりあがり、銀持ちになり、その時をえて、詩歌・鞠・楊弓・琴・笛・鼓・香会・茶の湯も、おのづからに覚えて、よき人付合ひ、むかしの片言もうさりぬ。兎角に人はならはせ、公家のおとし子、作り花して売るまじきものにもあらず。

（『日本永代蔵』巻一の三）

東京オリンピックや大阪万博を知っているオッサン（私もこの世代）が、「空気を読む」ことばかり気にしている今時の若者を説教している口調と似てはいないだろうか。

「ソニー、トヨタ、マツダ、パナソニック、みんな町工場から始まったんやで。見てみい、町工場のオッサンが、首相や大統領とも口きかれるようになったんや。がんばりや」

というような具合に、西鶴は、これから起業しようという若者を励ましているようにも思える。人間とは面白いもので、経済が成長しているときには、こういう説教はしない。説教するまでもなく、当たり前のことなのだから。説教するとしたなら、反対のことを言うだろう。

「金だけがすべてではない。あくせく働いても幸せにはなれない。人を押しのける人生はむなしい。家庭を大切にしろ」

だいたい、こんなところか。また、低成長経済のもとで育った世代、つまり高度経済成長期を知らない世代は、楽に稼ぐことは考えても、苦労を重ねて立身出世するという考え方を、あまりしないものだ。

江戸時代も同じだったと思う。逼塞した経済状況下に育った、西鶴よりあとの世代の作家たち——

江島其磧や西沢一風は、西鶴のような経済小説が書けなくなってしまった。

そう考えると、「浪風静かに神通丸」に描かれた次のようなエピソードは、経済停滞にあえいでいる大阪商人には、清涼剤のような効果があったのではないか。


この北浜に西国米を陸揚げするとき、こぼれたまま捨ててしまう筒落米《つつおごめ》[*1]を掃き集めて、その日暮らしをしている老婆がいた。美人ではなかったので、二三歳で後家になっても再婚できず、一人息子がいるのを老後の楽しみに、長年貧乏暮らしをしていた。

いつだったか、諸国改免[*2]に豊作が重なり、米を積んだ多くの船が北浜にやってきて、昼夜かけても荷揚げができないほどだった。借り蔵も満杯で、置き所もなく、俵を運び替えているうちに、たくさん米がこぼれ落ちた。その捨てられた米を、塵まじりに掃き集めたところ、朝夕食べても食べきれず、一斗四、五升にもなった。

それから欲が出て倹約につとめたところ、その年のうちに、七石五斗[*3]ほどたまったので、ひそかに売り払った。翌年もまたためているうち、毎年増えて、二十余年の間に、へそくり金が、銀一二貫五〇〇目[*4]になった。

＊1　筒落米――先を尖らせた竹筒を米俵に刺して米粒を取り出し、米の品質を調べるのだが、その際地面にこぼれ落ちた米粒。

＊2　諸国改免――幕府が侍の困窮を救うために、金銭貸借の訴訟を受理せず、当事者間の解決にゆだねた法令。大名貸しの担保になっていた諸国の年貢米が、大阪に大量に回送された。

＊3　七石五斗――一〇升が一斗、一〇斗で一石となる。米一石が金一両、銀六〇匁前後で取引された。
＊4　銀一二貫五〇〇目――銀一万二五〇〇匁、約一八七五万円。

この浜に、西国米水揚げの折節、こぼれすたれる筒落米を掃き集めて、その日を暮らせる老女ありけるが、形ふつつかなれば、二十三より後家となりしに、後夫となるべき人もなく、ひとり有る世悴《せがれ》を、行すゑの楽しみに、かなしき年をふりしに、いつの頃か、諸国改免の世の中すぐれて、八木大分この浦に入り舟、昼夜に揚げかね、借り蔵せまりて置くべきかたもなく、沢山に取りなをし、捨たれる米を塵塚まじりに掃き集めけるに、朝夕に食ひ余して、一斗四、五升たまりけるに、これより欲心出来て始末をしけるに、はや年中に七石五斗のばして、ひそかに売り、明けの年なをまた延ばしけるほどに、毎年かさみて、二十余年に胞《ほぞ》くり金十二貫五百目になしぬ。

（『日本永代蔵』巻一の三）

西鶴の生きた時代には、大阪の米市（米の取引市場）は北浜淀屋橋南詰にあった。西鶴死後、元禄一〇年（一六九七）に、堂島に移転する。

諸国の年貢米の運ばれた米市の、地面にこぼれた米粒を掃き集めたというのだから、「塵も積もれば山となる」という諺を地で行くような老婆の金の貯め方である。こういう処世術は、どんな商人にも共感が得られた。たとえば、西鶴が生まれる一五年前の寛永四年（一六二七）に刊行されて以来、約一〇〇年にわたって読まれ続けた『長者教』というベストセラーには、こう書かれている。

我が妻は口やかましいけれど、簡単に離縁することができない。その理由は、常に所帯を大切に思い、毎朝、米を二合五勺ずつ倹約して余らす。この米は一か月に一斗五升になる。一年に一割の利息でこの米を貸すと、三年で四四石八斗六升の米が余ることになる。毎年三割の利率にして貸すとなると、二〇年後には五〇〇〇石の余剰となる。とかく、一挙に金持ちになろうと思うのは、貧乏のもとである。

我が妻、うるさしと言へども、かろく離別すること成り難し。その故は、常に所帯を大切に思ひ、朝二合五勺づつ始末して残す。この米、一か月に一斗五升なり。一割にして、三年に四十四石八斗六升にあまる。毎年三割にして、二十年には五千石に及ぶなり。とかく俄かに分限にならんと思うは、貧の基なり。

（『長者教』）

『日本永代蔵』には「大福新長者教」という副題が添えられている。したがって西鶴が『長者教』を読んでいたことは確実である。一攫千金を狙わずに、わずかな米をコツコツと溜め込む、こういう後家の生き方は『長者教』の教訓をなぞっているかのようである。

西鶴の意図した「大福新長者教」の「新」たるゆえんは、むしろその後の展開、母親の稼いだ「一二貫五〇〇目」を元手にした一人息子の立身出世話にあった。

それからは、息子も九歳のときから遊ばせておかない。捨ててある小口俵《さんだわら》*5を拾い集め、その藁で銭ざしを作らせて、両替屋、問屋に売らせたところ、思いがけない銭儲けをした。

こんな具合に自分の手で稼ぎだし、後には、確かな人に日歩の利息で小判を貸したり、小額を無担保で当座貸ししたりする。これから思いついて、今橋の片隅で銭店を出したところ、田舎から出てきた人が、明け方から暮れ方までひっきりなしにやってきた。わずかな銀貨を並べて、丁銀、豆板銀*6の両替、小判を豆板銀に替えるなど、銀貨を始終銀秤にかけては儲け、日に日に利益が増して、一〇年たたないうちに本両替仲間の第一人者となった。

方々に金を貸してその名が貸し帳に記してあるが、自分には借金がない。為替手形を銀に替えにきた手代も、腰を低くして御機嫌を取るようになる。小判市も、この男が買いを入れると相場が上がり、売りに出せば急落した。

*5　小口俵——桟俵。米俵の両端にはめる藁で作った円い蓋。
*6　丁銀、豆板銀——ともに銀貨で、銀秤《かねばかり》で重量を量って流通した。丁銀はなまこ型の銀貨で、重さは四三匁前後。豆板銀は、細銀《こまがね》とも言い、一匁から五匁ぐらいの小粒銀である。

その後世悴《せがれ》にも、九歳の時より遊ばせずして、小口俵《さんだはら》のすたるを拾ひ集めて、銭ざしをなはせて、両替屋、問屋に売らせけるに、人の思ひよらざる銭まふけして、我が手より稼ぎだし、後には確かなるかたへ日借《ひがし》の小判、当座貸しのはした銀。これより思ひつきて、今橋の

片陰に銭店出しけるに、田舎人立ち寄るにひまなく、明け方より暮れ方まで、わづかの銀子とりひろげて、丁銀《てうぎん》、細銀《こまがね》替へ、小判を大豆板《まめいた》に替へ、秤にひまなく掛けだし、毎日毎日積もりて、十年たたぬうちに、中間《なかま》商ひのうはもりになつて、諸方に借帳《かしちやう》、我が方へは借ることなく、銀替への手代、これに腰をかがめ、機嫌をとるほどになりぬ。小判市も、この男買ひ出だせば俄かにあがり、売り出だせばたちまち下がり口になれり。

（『日本永代蔵』巻一の三）

この後家の子育てがすごい。一人息子を自立させるために、少しも遊ばせてはおかないで、九歳から商売をさせた。最近は、こういう親が少なくなった。かく言う私なども、大学生の息子から小づかいをねだられると、一言ぐらいは嫌味を言うけれども、ホイホイと渡してしまう。

かなり前のことだが、大阪船場《せんば》の老舗の御主人から、「（今でもそうしているのかも知れないが）昔は、跡取り息子を、わざと家業とは違う職種の店に丁稚奉公にやったものだ」と、うかがったことがある。それが大阪商人の伝統的教育法だったのだろう。筒落米を二十余年貯めたこの後家の教育方針にも、それと似たところがある。

そうやって育てられた息子は、よく言えばしたたかな、実はえげつない銭儲けに明け暮れた。「日《ひ》借《がし》の小判、当座貸しのはした銀」というのは、当時の高利貸しである。日歩の利息を取る小判貸しは当然高利になるが、「当座貸し」というのは無担保短期融資のことで、これも高い利息を取る。そうやって増やした資金で、今橋で銭両替を始めたのだ。

東横堀川に架かる今橋には船着場があったので、小額を両替する近郊の人々相手の銭店を出すにはもってこいの立地だった。時と所を考えるのはマーケティングの基本である。

銭店がねらい通り繁盛したのは結構なことだが、原文には「秤にひまなく掛けだし」と書かれている。現代語訳では、「掛けだし」のニュアンスがうまく表現できなかった。これは、秤の目方を多めに言って、利を得ることである。ポルトガル人宣教師が編纂した『日葡辞書』にも、この言葉が載っているから、昔からある、一種の商習慣だったのかもしれない。要するに、この息子は秤目をごまかして儲けていたのである。

こう書くと、成長した息子が煮ても焼いても食えない非情な高利貸しになったということになってしまうが、西鶴が強調したかったのは、絶えず事業を拡大する、その積極性だろう。

旦那（経営者）に対して実直であるべき手代（中間管理職）について、西鶴は次のように言っている。

遠国へ商ひにつかひぬる手代は、律義なる者はよろしからず。何事をも内端《うちば》にかまへて、人の跡につきて、利を得る事かたし。また大気にして主人に損かけぬるほどの者は、よき商売をもして、取り過しの引負《ひきをひ》をも埋むる事はやし。

（『日本永代蔵』巻二の五）

遠国へ商売にやる手代は、生真面目な者はよくない。何事も控えめにして、人のやったことを繰り返すだけで、利益を得ることが難しい。胆力があって主人に損をかけるような者のほうが、かえって良い商売をして、取引の損失を埋めることが早いものだ。

戦後日本の復興を牽引した総合商社の企業戦士のような「手代」観ではないか。西鶴の頭のなかには、自分が二〇代だったころの高度経済成長期の商人像があったのかもしれないが、商売を拡大する意欲が、ことのほか重視されていたことがわかる。

積極的な事業拡大に徹したからこそ、このえげつない男も、一〇年たたないうちに本両替仲間の第一人者となって、金貨・銀貨の両替相場を左右するカリスマ・トレーダーとなったのである。

本両替というのは、預金、手形振り出し、為替業務、大名貸しのような大規模融資まで手がけた金融機関で、現在の銀行とほとんど同じ業務をした。大阪では寛文一〇年（一六七〇）ごろから、本両替仲間（同業組合）が組織された。その仲間行事（組合執行部）のなかから、さらに一〇人を選んで「十人両替」と称した。この組織は本両替どうしのトラブルの仲裁や奉行所との連絡、金銀相場の調整などを行った金融機関の総元締めである。フィクションなので、はっきりとは書かれていないが、この男は「十人両替」の一人になったということだろう。

当時は、高麗橋筋の両替所で、毎朝、金一両につき銀何十何匁何分というように小判の相場がたった。現代のドル・円相場と同じことで、両替相場が投機の対象となる。この男は、両替レートを動かすほど大金を小判市に投入する大金持ちになったのだ。

…………………

世間でも自然と、この男の言うことに気をつかい、誰もが手を下げて「旦那、旦那」と言うようになった。中には先祖を詮索して、

「なんで、あんなやつの言いなりになって暮らさなければならないのだ。悔しいなあ」

などと意地を張る人も、金が急に要るときには、さしあたって困り果て、この男に頼ることになる。これも金銀の威勢である。

後には大名衆の掛屋[*7]となり、あちらこちらの御屋敷にもっぱら出入りするようになったので、昔のことを言い出す人もいなくなった。

そして、歴々の大金持ちから嫁をとり、いくつも家や蔵を建てた。母親の持っていた、筒落米を掃いた箒と藁蘂《わらしべ》箒《ほうき》、貧乏を招くと嫌われる渋団扇《しぶうちわ》を、この家の宝物として、福の神を祀る家の西北の隅に収めたのだった。

＊7　掛屋——諸藩の蔵屋敷の物産を売りさばいたり、金融を担当したりした御用商人。

自づからこの男の口をうかがい、皆々手をさげて「旦那、旦那」と申しぬ。中にも先祖をさがして「なんぞ、あれめに随ひ、世をわたるも口惜しき」と、我を立てける人、物の急なる時に、さしあたつて迷惑し、これもまた御無心申さるる。金銀の威勢ぞかし。

後は大名衆の掛屋、あなたこなたの御出入りもつぱらにしければ、昔の事はいひ出す人もなく、歴々の聟《むこ》となつて、家蔵数をつくりて、母親の持たれし筒《つつ》落掃《をははき》、藁箒子《しべははき》、渋団扇《しぶうちわ》は貧乏まねくといへども、この家の宝物とて、乾《いぬゐ》の隅におさめをかれし。

（『日本永代蔵』巻一の三）

江戸時代の人々、特に侍が先祖や氏系図にこだわったのには理由がある。仕官するのに「由緒書き（家系図）」が必要だったからだ。本人の器量と同時に、血筋が重視されたのである。とは言っても、「下克上」の戦国時代を経ているから、京都のような特別な地域に代々住んでいた人を除けば、正確な家系などわかるはずがない。

そこで、御先祖を源氏・平家・藤原・橘のいずれかにでっちあげて適当に書いてくれる系図書きが活躍した。そういうわけで、江戸時代に書かれた系図は、だいたいが研究資料としては役に立たない。しかし、それを正直に言っては、家系図を大切に守ってきた方の心象を害してしまうので、調査に出かけたとき系図を見せられると、経験豊かな研究者は、たいてい「ほおー、すごいですな」と、大げさに驚いてみせることとなる。

氏系図など、所詮はその程度のものなのだが、この時代に「金銀の威勢」がすべてだ、と言い切ってしまえるところが、西鶴のすごさである。現代人でも、なかなかそうは言えまい。

この話の最後は、次のように締めくくられる。

…………

諸国を廻ってみて思うのだが、（不景気な）今でも、まだ稼いでみるべきところは、大阪の北浜である。まだまだ金が流れ込んでくるようだ。

…………

諸国をめぐりけるに、今もまだかせいでみるべき所は、大坂北浜、流れありく銀《かね》もありといへり。

（『日本永代蔵』巻一の三）

不景気な時でも、活気があるのは「市場」である。とくに北浜の「米市」は、投機取引市場となっていた。その活気を、西鶴はこの章「浪風静かに神通丸」の前半に、生き生きと描いている。おそらく、北浜を描いた文章では、屈指の名文であろう。現代語訳を添えるが、ぜひ原文を先に読んで欲しい。

そもそも北浜の米市は、大阪が日本第一の港だからこそ、わずかな間に、銀五万貫目[*8]のたてり商い[*9]が成立することもある。その米は、蔵々に山と積まれる。商人は、夕べの嵐、朝の雨など、天候を判断し、雲の様子を考え、夜の間に相場を予想する。翌朝には、売りに出る人もいれば、買いを入れる人もいる。

米一石につき一分、二分[*10]のわずかな相場の高低をあらそって、米市には、人が山のように集まる。互いに顔を知っている場合には、千石、万石の米を取引しても、いったん二人が手を打って契約したなら、違約することはない。

世間一般では、金銀をやりとりするとき、預かり手形[*11]に保証人の請け判まで捺し、貸し手の請求があればいつでも返済することになっているのに、返金を延ばして訴訟沙汰になることが多い。北浜の米市では、あてにならない雲行きで相場を判断したにもかかわらず、その日のうちに、損得にかまわず取引の清算をする。さすが日本一の大商人の心も剛胆なので、こんな世渡りができる。

難波橋から西を見渡すと、数千軒の問屋が甍《いらか》を並べ、壁の白土は、雪の曙《あけぼの》かと見まごう。

杉の木のように高く積まれた米俵は、さながら山が動くようだ。これを人馬が運ぶと、大道に足音がとどろいて地雷のように鳴り響く。上荷船、茶船[*12]が数え切れないほど川に浮かんでいる様子は、秋の柳葉が水面に散っているかのようである。米の品質をみる若い者が威勢よく振りかざす米刺しは、虎の臥す竹林かと見まがい、大福帳をひもとくさまは、雲をひるがえすかのようだ。算盤を繰る音は、霰《あられ》が降ったごとく、天秤[*13]の針口をたたく音は一日中鳴り響いて、時の鐘よりやかましい。暖簾が風にひるがえって、家々はたいそう繁盛している。

*8 銀五万貫目——米一石の値が銀六〇匁前後なので、米八四万石の取引となる。

*9 たてり商い——売り手と買い手とが相対して、現物ではなく帳簿上の取引をする、空米《からまい》取引。

*10 一分、二分——銀一〇分《ふん》で、銀一匁となる。一分は約一五〇円。米一石あたりの値のわずかな差。

*11 預かり手形——返済期日を記入しない借用証書。貸し手が請求すれば、いつでも返済しなければならない。

*12 上荷船、茶船——大船と河岸との間を往来する小船。上荷船は一八石積み、茶船は一〇石積み。

*13 天秤——銀秤、針口を小槌でたたいて、針の揺れを止めた。

惣じて北浜の米市は、日本第一の津なればこそ、一刻の間に、五万貫目のたてり商ひもある事なり。その米は、蔵々に山を重ね、夕べの嵐、朝《あした》の雨、日和《ひより》を見合はせ、雲の立ち所を考へ、夜のうちの思ひ入れにて、売る人あり、買ふ人あり。

一分、二分をあらそひ、人の山をなし、互ひに面を見知りたる人には、千石、万石の米をも売買せしに、両人手打ちて後は、少しもこれに相違なかりき。

世上に金銀の取りやりには、預かり手形に請け判たしかに、何時なりとも御用次第と相定めし事さへ、その約束を延ばし、出入りになる事なりしに、空さだめなき雲を印の契約をたがへず、その日切りに、損得をかまはず売買せしは、扶桑第一の大商人の心も大腹中にして、それほどの世をわたるなる。

難波橋より西、見渡しの百景、数千軒の問丸、甍《いらか》を並べ、白土、雪の曙《あけぼの》を奪ふ。杉ばへの俵物、山もさながら動きて、人馬に付けおくれば、大道とどろき地雷のごとし。上荷、茶船、かぎりもなく川浪に浮かびしは、秋の柳にことならず。米刺しの先をあらそひ、若い者の勢ひ、虎臥す竹の林と見え、大帳雲を翻し、十露盤《そろばん》丸雪《あられ》をはしらせ、天秤二六時中の鐘に響きまさつて、その家の風、暖簾《のうれん》吹きかへしぬ。

（『日本永代蔵』巻一の三）

円高で低迷する日本経済に鬱々としている現代の我々が読んでも、力が湧いてくるような文章だと思うが、いかがだろうか。

北浜米市が繁盛したのは、豊臣秀吉の死んだ慶長三年（一五九八）に、全国で約一八五一万石だった米の収穫量が、諸藩の新田開発が進んで元禄年間には約二五九二万石に増加し（『大日本租税志』）、また航路の開発によって米の大量輸送ができるようになったからである。

しかし、綱吉が将軍職に就いた延宝八年（一六八〇）に、諸国が飢饉に襲われた。翌年には、江戸市中での米・麦等の投機目的の買い置き、買い占めが禁じられた。農民一揆が頻発し、苛政を理由に、大名の改易が相次いだのもこの時期である。

西鶴が『日本永代蔵』の草稿を書いたと推定される貞享二年（一六八五）には、大老堀田正俊が、若年寄稲葉正休に江戸城中で刺殺されるという大事件も起きた。現実の世相は、西鶴が描いたような明るいものではなく、むしろ沈鬱なものだったと思う。

作家は、現実をそのまま作品に映すわけではない。西鶴は、好況期に見聞した北浜を、威勢よく再現したのだろう。なぜ書いたのか、これは想像するほかないが、私は、当時が不況だったからだと思う。西鶴の文章は苦境にある商人に元気を与える。西鶴自身が、そう考えたのではないか。

大勢の客を乗せた神通丸がゆく（『日本永代蔵』巻一の三）

教訓

一、楽して金を儲けようと思うな。まず地道に貯めて、それから大胆に投資すべきである。

一、なりふりかまわず元手（事業資金）を稼げ。そして、儲けることにためらいを持つべきではない。

第三章

不況こそチャンス

人の分限になる事、仕合せといふは言葉、まことは面々の智恵才覚をもつてかせぎ出し、その家栄ゆる事ぞかし。これ福の神のゑびす殿のままにもならぬことなり。
（『世間胸算用』巻二の二）

人が金持ちになるのは幸運だから、というのは言葉だけのことで、本当はそれぞれが知恵才覚を働かせて、その家が栄えるのだ。こればかりは、福の神の恵比寿様にも、意のままにならないものである。

万の商ひ事がないとて、我人《われひと》、年々悔やむこと、およそ四十五年なり。世のつまりたるといふうちに、丸裸にて取り付き、歴々に仕出しける人あまた有り。
（『日本永代蔵』巻六の五）

どんな商売をしても儲からないと、四五年前から人々は悔やんできた。だが、世が不景気だといっても、無一文で商いを始め、大金持ちになった人が大勢いる。

こんな景気の悪い時代に居合わせたのが不運だ、儲かるはずがない、と世間が思っているときに、今こそチャンスと起業する人もいる。西鶴が『日本永代蔵』巻一の四「昔は掛け算今は当座銀」で描いた三井九郎右衛門（モデルは越後屋呉服店の祖、三井八郎右衛門高平）も、そんな商人の一人だった。

近年、江戸は静謐《せいひつ》で、松は相変わらず青々と茂っている。常盤橋に続く本町《ほんちょう》には、呉服屋が軒を並べている。どの店も京に本店がある出店で、その店名は紋付鑑《もんつきかがみ》*1に載っている。

出店の支配人や手代は、それぞれがお得意先の御屋敷に出入りしている。互いに協力し、商売に油断せず、弁舌さわやかで、知恵才覚もある。計算に優れ、質の悪い銀貨をつかまされることなく、利益のためなら生き牛の目も抜く。虎の御門[*2]を、まだ夜も明けきらないうちからくぐり、また、たとえ千里かなたでも商売に出かける。

朝は星がでているころから起き、銀秤の竿に魂を打ち込んで、明け暮れ得意先の御機嫌をとるけれども、以前とは違い、今繁盛の武蔵野（江戸）と言っても、たくさんの商人が、隅から隅まで商売の手を入れてしまっていて、一攫千金の儲けなどありはしない。

＊1　紋付鑑——武鑑ともいい、大名、旗本の名鑑。御用商人も掲載する。
＊2　虎の御門——江戸城三の丸の門。現在、港区虎ノ門という地名が残る。

近代、江戸静かにして、松はかはらず常盤橋、本町呉服所、京の出見世、紋付鑑にあらはし、棚もり、手代それぞれに、得意の御屋敷へ出入り、ともかせぎに励みあひ、商売に油断なく、弁舌手だれ、知恵才覚、算用たけて、悪銀《わるがね》をつかまず、利得に生き牛の目をもくじり、虎の御門の夜をこめ、千里に行くも奉公、朝《あした》には星をかづき、秤竿に心玉をなして、明け暮れ御機嫌とれども、以前とちがひ、今繁昌の武蔵野なれども、隅から角まで手入れして、さらに摑《つか》み取りもなかりき。

（『日本永代蔵』巻一の四）

古い話で恐縮だが、私の学生時代に、一ドル＝三六〇円だった外為固定相場が変動相場に移行し、同じ年に石油ショックが起きた。石油メジャーに対抗したＯＰＥＣ（石油輸出国機構）が原油公示価格を七〇％も値上げしたのだ。

そのため国民はパニックに陥った。どういうわけか、主婦がトイレットペーパーのまとめ買いに走り、十円玉を石油缶に貯めこむ人もいた。私が大学を卒業した年には、企業の倒産件数と負債総額とが、史上最高を記録した。

そういう経済状況だったので、企業の学生求人が激減、五、六年前までは、人手不足の企業が人材確保に四苦八苦していたのに、彼我の関係が一変してしまった。仕方がないので、私は、当時「入院」と言われ、かなり変わった学生しか入らなかった大学院に進学した。まれに就職が決まった学生もいて、サラリーマンになれなかった学生からずいぶんと羨ましがられたものだ。

数年後の同窓会のこと。要領よくデパートに就職した友人が、世界と未来は自分のためにある、みたいな顔をして現れた。そいつは、今、得意先廻りをやっていると言う。どんな仕事なのか聞くと、金持ちの奥様方をまわって注文を取っているそうな……。これが結構な売り上げになるとか。「最近はちょっと景気が」と言葉を詰まらせたものの、すぐに福々しい顔に戻ったのは、外では有閑マダムの相手をし、店に戻れば、ピチピチしたデパートガールに囲まれて働いていたからだろう。

私は、と言えば、高田馬場の暗いバーで毎夜、安ウイスキーをあおりながら「こんな生活をしていて、人並みに結婚できるのだろうか」と暗澹たる気分だった。結局、そいつはデパートガールと結婚し、私は、バーでバイトしていた女子学生と所帯をもつこととなったのだが、そんなことはどうでもいい。「失われた一〇年、二〇年」と言われた昨今と違って、苦境にあった日本経済が素早く立ち直ったのは、チャレンジ精神をもった経営者と使命感に燃えた多くの社員とが、構造改革に取り組んだからである。

三井九郎右衛門が江戸で起業したころの、行き詰まった呉服商売は、要するに私の友人がやっていた訪問販売のようなものだ。生き牛の目を抜くような冷徹で有能な手代が、旗本や大名の屋敷に出入りし、直接注文を取った。呉服は、布地から染め模様、デザインにいたるまで、すべてがオーダーメイドである。そうした品には、掛け値がつく。いかに高値を得意先に認めさせるかが、手代の腕の見せ所である。そして、支払いは節季前に清算した。

当時「当座買い」と呼ばれた現金購入は、裏長屋に住むような信用のない町人が行なったもので、「掛け買い・掛け売り」が、この頃の一般的な商習慣である。売った商品を「通い帳」に記しておき、店には、販売した品物や値段を得意先ごとに記録した「大福帳」が置いてある。それを基に計算した「覚え帳」や「書き出し（請求書）」を持った「掛け乞い」が、節季前に、得意先を回って代金を回収するのである。

こういう訪問販売は、現代も同じだが、買い手の金まわりが良ければうまみがあるが、デフレになると、手代が有能でも立ち行かなくなる。先の文章で西鶴が描いたのは、そういう状況だった。

さらに西鶴は、呉服業界の構造不況の原因を、次のように分析した。

…………

以前には、御婚礼や年末の衣装配りの折には、出入りの手代が、御屋敷の会計係とのよしみから注文をとって利益をあげたものだが、最近は、諸商人がわずかな利潤しか見込めなくても入札に応ずるので、損が重なって追い詰められる。店の経営は行き詰まるばかりで、世間への見栄から御用達《ごようたし》を勤めているにすぎない。
その上、御屋敷からは多額の売掛代金が、数年間も支払われない。儲けは、京の両替屋に借金した利息にも満たないほどなので、為替銀さえ工面できずに困り果てる。だからといって急には、広げてきた店をたたむわけにはいかない。自ずと商売が小規模になる。結局、思惑通りの商売ができないので、江戸の店は残っても、銀何百貫目の損失になる。せめてまだ余裕のあるうちに商売を替えようと、呉服屋の面々が考えているときに、これはまた、うまい商売の仕方があるものだ。

御祝言、または衣配りの折からは、その役人、小納戸がたのよしみにて、一商ひして取りけるに、今時は諸方の入れ札、少しの利潤を見掛けて、喰らひ詰めになりて、内証かなしく、外聞ばかりの御用等調へ、あまつさへ大分の売りがかり数年不埒になりて、京銀の利まはしにもあはず、かはし銀につまりて難義、俄かに、取広げたる棚も仕舞ひがたく、自づから小前になりぬ。とかくはあはぬ算用、江戸棚残つて何百貫目の損、足元のあかいうちに、本紅《ほんもみ》の色かへてと、銘々分別する時、また商ひの道は有るもの。
（『日本永代蔵』巻一の四）

高級品や大量の注文には入札が導入されて利益が得られなくなったこと、売掛代金が回収できないケースが増えたこと、この二点が訪問販売の成り立たなくなった理由だと、西鶴は述べている。

ところで、元禄から約三〇年たった享保期に書かれたものだが、三井総本家を継いだ高房（本話のモデル三井高平の長男）が、子孫への戒めのために京商人の盛衰を記した『町人考見録』という本がある。そのなかに、本町二丁目の江戸《えど》店《だな》で呉服を商った家城《いえき》太郎次郎という商人の商売に失敗した理由が載っている。

多額な利益を見込んで、商品は普通よりも高値で売り出し、多くの御屋敷ごとに通い帳を作っておいて、方々で手広く商売をした。店もそれ相応に客で賑わっているように見えたけれども、このようなやり方なので、得意先への売掛代金の未回収分が多額となった。そのため、近年は、訪問販売から手を引くようになってしまい（略）。

利倍を好み、売り物は並々よりも高値に売り出し、諸屋敷方へ通ひ帳を多く出し置き、右の御使ひ旁《かたがた》にて、店も相応に、御人入りも賑わひ候やうに相見へ候へども、右の仕かた故、通ひ先に掛けも多く出来致し、それ故、通ひ商ひも、近年は引き申し候て（略）。

（『町人考見録』）

三井呉服店の繁盛ぶり
（『日本永代蔵』巻一の四）

大商人である三井高房も、西鶴と同じ分析をしている。作家とはいえ、西鶴が的確な経営感覚をもっていたことが分かるだろう。そして、訪問販売で採算割れを起こしていた業界にチャレンジした三井九郎右衛門の活躍を、西鶴は次のように描いた。

三井九郎右衛門という男は、手持ち資金をつかって、駿河町に、表口が九間（約一六メートル）、間口が四〇間（約七三メートル）もある棟の高い長屋作りの新店《しんだな》を出した。そして「万《よろず》現銀売りに掛け値なし」と商いの方針を決め、四十余人の賢い手代を忙しく働かせて、手代一人につき一種類の商品を担当させた。

たとえば、金襴[*3]類に一人、日野[*4]・郡内絹[*5]類に一人、羽二重[*6]に一人、紗綾《さや》[*7]類に一人、紅《もみ》[*8]類に一人、麻袴[*9]類に一人、毛織[*10]類に一人、こんな具合に分担をする。また、天鵞絨《びろうど》[*11]を一寸四方でも、緞子《どんす》[*12]を毛貫袋《けぬきぶくろ》になるほどでも、緋繻子《ひじゅす》[*13]を鑓印《やりじるし》の長さほどでも、竜門[*14]の袖覆輪《そでふくりん》[*15]を片方だけでも、客の言いなりに、どんな少量の布地でも売り渡した。

ことに、侍が急に殿様に御目通りするときの熨斗目《のしめ》[*16]や、急に必要になった羽織などは、客の使いを待たせておき、店の抱える数十人の職人が立ち並んで、即座に仕立てて、注文の品を渡した。そういうわけで店が繁盛し、毎日、平均して金子《きんす》一五〇両[*17]ずつの商売をしたそうだ。まことに重宝な商売のやりかたである。

＊3　金襴——金箔をはった平金糸で模様を織りだした高級絹織物。

＊4　日野——近江国日野地方産の絹織物。

＊5　郡内絹——甲斐国郡内地方産の絹織物。日野・郡内絹は中級品。
＊6　羽二重——薄手で光沢のある高級絹織物。
＊7　紗綾——稲妻、卍、菱垣などの文様を織りだした高級絹織物。
＊8　紅——紅色で染めた無地の絹織物。
＊9　麻袴——礼服として着用された。
＊10　毛織類——ラシャ・ビロード類。
＊11　天鵞絨——毛羽だつように織った布地。
＊12　段子——文様を織り出した高級絹織物。
＊13　緋繻子——深紅色の光沢のある絹織物。
＊14　竜門——太糸で平織りした絹織物。
＊15　袖覆輪——袖口を別な布地で包み縫いした袖ぐるみ。
＊16　熨斗目——裃《かみしも》の下に着用した侍の礼服。
＊17　金子一五〇両——約一三五〇万円（米価換算）。

三井九郎右衛門といふ男、手金の光、むかし小判の駿河町といふ所に、面《をもて》九間に四十間に、棟高く長屋作りして、新棚を出し、万《よろづ》現銀売りに掛け値なしと相定め、四十余人、利発手代を追ひまはし、一人一色の役目。たとへば、金襴類一人、日野・郡内絹類一人、羽二重一人、紗綾《さや》類一人、紅《もみ》類一人、麻袴類一人、毛織類一人、このごとく手分けをして、天鵞兎《びろうど》一寸四

方、緞子《どんす》毛貫袋《けぬきぶくろ》になるほど、緋繻子《ひじゅす》鑓印長《やりじるしだけ》、竜門の袖覆輪《そでふくりん》かたがたにても、物の自由に売り渡しぬ。

殊更、俄か目見《まみえ》の熨斗目《のしめ》、いそぎの羽織などは、その使ひをまたせ、数十人の手前細工人立ち並び、即座に仕立て、これを渡しぬ。

さによつて家栄へ、毎日金子百五十両づつ、ならしに商売しけるとなり。世の重宝これぞかし。

（『日本永代蔵』巻一の四）

三井九郎右衛門は、両替屋の多かった江戸駿河町に、鰻の寝床のような奥行きの長い店構えの新店舗を出した。これは、商品の種類ごとに売り場を設けたからで、①販売形態に応じた効率的な店舗を考えた結果である。

そしてその店で、②顧客ニーズに即応した多様な販売サービスを提供した。急に必要になった礼服をその場で仕立て、わずかな量の布地も販売した。最大の工夫は、一人の手代に一種類の商品を分担させたことである。こうすれば短期日に、その商品について熟知した手代を養成できる。つまり、③商品知識の豊富な専門従業員を育てたのだ。

分限はよき手代有る事第一なり。

（『日本永代蔵』巻六の五）

商売で成功するには、良い手代がいることが一番大切である。

西鶴がこう述べているように、企業の発展は従業員の質にかかっている。若い社員が一年もたたずに次々退職するような、労働力使い捨て企業には将来性がない。

さらに三井九郎右衛門は、④高品質・廉価商品の大量販売という戦略をたてて、他店との差別化を強調した広告コピーを考え出した。西鶴は「万《よろづ》現銀売りに掛け値なし」と記しているが、実際に、越後屋呉服店の引札《ひきふだ》（広告）には「呉服物現金安売無掛値（呉服物現金安売り掛け値なし）」と書かれている。

こうして、越後屋呉服店は、大名、旗本クラスと異なる、中流武士や町人層という新たな顧客の開拓に成功した。西鶴は書いていないが、実際の越後屋は、仕入れを担当した京店《きょうだな》から運んだ商品の現金小売りのほかに、諸国の商人相手に卸売りも行った。

西鶴の描いた成功の条件、①から④に、⑤仕入れと在庫品管理との合理化を加えれば、そのまま現代の量販店の戦略と重なり合う。約三三〇年も前に、ユニクロやしまむらの経営者と同じ考え方をした商人が実際に存在したのだ。

私は、この話を読むと、不況を福に転じた元禄時代の商人魂が、日本人の血脈に今も受け継がれていることに感動さえ覚える。

昔の長者絶ゆれば、新長者の見えわたり、繁盛は次第まさりなり。（『日本永代蔵』巻六の五）

昔からの金持ちがいなくなれば、新たな金持ちが現れる。そうやって世の中は、ますます繁栄していくものだ。

西鶴の言うように、時代のニーズを的確に把握しつつ果敢にチャレンジする起業家（新長者）は、いつの時代でも、産業構造の変革を促し、社会に繁栄をもたらすものだ。

さて、天和二年（一六八二）の大火で本町にあった越後屋呉服店が焼失して駿河町店が開かれたのは、『日本永代蔵』刊行のわずか五年前、天和三年（一六八三）のことだった。だから西鶴は事実を映すように、この小説を書くことができた。

モデルとなった三井八郎右衛門高平の父、八郎兵衛高利は、大名貸しや米商いをした富裕な商人である。したがって八郎右衛門は、自分一代で金持ちになったわけではなく、延宝元年（一六七三）に呉服店を始めたときには、銀一〇〇貫目（約一億五〇〇〇万円）の元手があった。

現実には、ある程度の元手（資本金）がなければ、商人（起業家）はチャンスの活かしようがない。しかし小説として面白いのは、裸一貫から長者になったサクセス・ストーリーである。

西鶴は、『日本永代蔵』巻六の四「身体かたまる淀川のうるし」という作品で、貧しい町人が、五月雨で増水した淀川で、漆の塊を発見して大金持ちになったという話を書いたが、その後に次のようにコメントした。

これらは才覚の分限にはあらず。天性の仕合せなり。自ずと金が金儲けして、その名を世上にふれける。（略）**常にて分限になる人こそまことなれ。**

（『日本永代蔵』巻六の四）

これらは、才覚で金持ちになったわけではなく、幸運からである。この男は偶然手に入れた金とその利息とで自ずと儲かって、世間の評判になったにすぎない。（略）幸運に頼らない……で金を儲けた者こそが、本当の金持ちである。

運に頼らず、己の力だけで金を儲ける、そういうロマンのほうが、いつの時代でも読者を魅了するのだろう。西鶴の創作した「才覚の分限」のなかでは、『日本永代蔵』巻二の三「才覚を笠に着る大黒」の主人公、笠大黒屋新六というキャラクターは、実にユニークだ。

この話に登場する「大黒屋」は、京室町通の呉服店大黒屋善兵衛という伊勢国射和出身の実在した大商人で、この頃、京・江戸に呉服店と両替屋とを営業していた。

しかし西鶴が主人公にしたのは、その大黒屋から勘当された跡取り息子である。

（大黒屋の）長男新六は、急に金銀をつかいだし、金に糸目をつけずに廓遊びにふけったので、半年もたたないうちに銀一七〇貫目が出納帳から消えてしまった。金額が多すぎて新六ひとりでは手の施しようがなかったから、手代たちが心を合わせ、買い置きしてある商品の値を操作して帳尻を合わせた。これで盆前の決算をどうにか済ませ「これからは、無駄づかいを止めてください」と、いろいろ説教するけれど、一向に聞き入れない。その年の暮れには、また銀二三〇貫目をつかい込んだ。

こうなってしまっては、化けの皮も剝がれる。伏見稲荷の前に知人がいて、新六はそこに身を隠した。真面目な親仁《おやじ》は立腹し、はたからいろいろ詫びても機嫌がなおらない。とうとう裃を着た町役人と一緒に奉行所に訴え出て、新六を勘当してしまった。

さて親の身でありながら、これほど子を憎むのは、新六の並大抵でない悪心ゆえのことである。是非もないめぐりあわせで、さしあたり借りた家にも住めない始末となった。ここを立ち退いて、江戸にでも行こうと思うが、道中の草鞋銭《わらじぜに》さえない。「自分ほど悲しい身の上はない」と嘆いても、今さら仕方のないことだ。

頃は一二月二八日の夜、新六は水風呂《すいふろ》＊18に入っていたが、「あれっ、親仁様が来た」という声に恐れをなし、綿入れ一枚を濡れた体の肩にかけ、左手に帯をさげて、褌《ふんどし》までは気がつかずに逃げ延びた。今日旅立つにも、尻からげもできないていたらくである。

＊18　水風呂——当時一般的だった浅い湯槽の湯気で体を蒸す風呂に対し、現在と同じように、湯槽の下の焚きつけ口で沸かした湯につかる風呂。年末の煤払いの時などに沸かした。

惣領の新六、俄に金銀を費やし、算用なしの色遊び。半年立たぬに百七十貫目、入帳のうち見へざりしに、とても埒の明かざる僉議《せんぎ》なれば、手代ひとつに心をあはせ、買置きの有り物に勘定仕立て、七月前を漸々に済まし、「向後《きやうかう》奢りを止めたまへ」と、異見さまざま申せしに、更に聞き入れずして、その年の暮れに、また二百三十貫目足らず。

今は内証に尾が見えて、稲荷の宮の前にしるべの人ありて、身を隠しぬ。律義なる親仁腹立せられしを、色々詫びても機嫌なほらず、町衆に袴きせて、旧里を切つて子をひとり捨てける。

されば親の身として、これほどまでうとまるる事、大かたならぬ悪心なり。新六、是非も

なき仕合せ、はや当分の借屋にも居られぬ首尾になりて、ここを立ち退き、東《あづま》のかたへ行く道の草鞋銭とてもなく、「かなしさは我が身ひとり」となげくに甲斐もなし。
頃は十二月二十八日の夜、水風呂《すいふろ》に入りしを、「それ、親仁様」といふ声おそろしく、濡れ身に綿入れひとつ肩にかけ、左に帯を提げて、下帯には気をつけずして逃げのび、けふ旅立つにも尻からげ気の毒。
（『日本永代蔵』巻二の三）

新六は、もともと「大黒屋」という大金持ちの跡取りだった。その点では「三井九郎右衛門」と同じであるが、潤沢な資金を商売の元手にはせずに、色遊びにつぎ込んだ。その金額が半端ではない。最初は、半年たたない間に銀一七〇貫目（約二億五五〇〇万円）、さらに、その年のうちに銀二三〇貫目（約三億四五〇〇万円）もつかい込んだ。

この時代の遊里は、セックスだけを売る場ではなく、町人には憧憬の的であった堂上（公家）文化が踏襲されていた面もあった。『源氏物語』に精通したり、詠んだ和歌が堂上歌人から褒められたりするような太夫（高級遊女）もいたのだ。そういう遊女を相手にする廓遊びには膨大な金がかかった。だから、西鶴は遊里にのめり込むと破産するぞ、と警告している。

近年、町人身体《しんだい》たたみ、分散にあへるは、好色、買置き、この二つなり。
（『西鶴織留』巻一の一）

最近、商人が家業に失敗して破産する原因は、遊女遊びと商品の先物買い、この二つである。

それにしても、新六の遊里へののめり込み方は尋常ではない。手代たちは、値上がりを見込んで買い置きした品物の評価額に、新六のつかい込んだ銀一七〇貫目を繰り込んで、つまり、まだ売っていない商品の含み益を帳簿に書き込むという手口で、なんとかごまかしたのだが、二回目のつかい込みは、露見してしまった。

怒った親仁は、新六と「旧里を切る」。現代語訳では勘当としたが、この勘当は、バカ息子を懲らしめて矯正するための「内証勘当」ではない。親が町役人（年寄）と一緒に、町奉行所に出頭し、親族関係の断絶を届け出る。町衆に袴を着させて、文字通り、子を一人捨てたのである。

いつの世でも子がかわいくない親はいない。なぜ、こんな事をしたのかというと、当時は、子が罪を犯すと親も罰せられる連座制が採られたからだ。新六は将来犯罪者になりかねないとまで、親から疎まれたことになる。

そして、年末に風呂に入っていた新六は、親仁に踏み込まれて素裸で逃げ出す。まさに裸一貫となってしまったわけである。この新六がどうやって江戸まで旅をしたのか、原文のスタイルと異なるが、その荒筋を新六の日記風に記そう。

○　一二月二九日、江戸に向かって出立。雪

風呂から素裸で逃げ出す新六
（『日本永代蔵』巻二の三）

が降ってきた。勧修寺（京都市山科区勧修寺）の茶屋の湯で寒さをしのごうにも銭がない。人混みにまぎれて湯を失敬し、ついでに置いてあった筵《むしろ》を盗む。
○　一二月三〇日、小野（京都市山科区小野）という里に着く。子供たちが、黒犬が死んだと騒いでいた。その黒犬をもらい、農夫に「この犬は、疳の妙薬になる」と嘘をついて柴を集めさせ、黒焼きにした。山家者《やまがもの》になりすまして、それを「狼の黒焼き」とおかしげな声で売り歩く。押し売りまがいのことをしたり、旅人をだましたりして、追分（滋賀県大津市追分町）から八丁（大津入り口の八つの町の総称）まで一里の間に、銭五八〇文も儲けた。
京でこんな知恵があれば、遠い江戸まで行くはめにはならなかったのに、と泣けてくる。
○　一月一日、草津（滋賀県草津市）の旅人宿で年を越す。

こうして、新六は六二日目に品川にたどり着いた。その間に、「狼の黒焼き」を売り歩いて、銭を二貫三〇〇文に増やしていた。

太陰暦では、一二月が小の月なら二九日、大の月なら三〇日が大晦日になる。したがって、無一文の新六は、わずか三日の間に、旅費を稼ぐ手段を考え出したわけだ。西鶴は「先づは才覚男」とコメントするが、その才覚はすさまじい。要するに、この男のやっていることは泥棒と詐欺にすぎない。

ここまでの展開は、まるでピカレスク（悪漢）小説である。そして、新六は品川東海寺門前にたむろしていた乞食三人から、身の上話を聞く。

一人は大和国竜田出身の乞食。

「竜田では多少の酒を造って、六、七人の家族と何不自由なく暮らしていましたが、年々貯めた金銀が一〇〇両になったとき、田舎商売がじれったくなって、店をたたんで江戸に下り、一儲けしようという気になりました。親戚や友人はみな止めたのですが、私も無分別盛りで、呉服町の魚屋だった店を借りて、「上々吉諸白」の酒屋の看板が立ち並んでいる所で、自分も商売を始めたわけです。

ところが、鴻池・伊丹・池田・南都などの、上方の老舗で造られる酒樽の杉の香りに、私どもの酒がかなうはずがありません。元手をみなつかい果たして、今では、四斗樽の薦《こも》を身にまとっているようなていたらくです。故郷の竜田へは、錦は着なくとも、せめて新しい木綿布子《ぬのこ》でもあれば帰りたいのですが」

と、男泣きする。

「これにつけても、やり慣れた商売は止めないほうがいいものです」

今さら、そんなことを言っても愚痴になる。良い知恵が出ても後の祭りだ。

また一人は、和泉国堺出身の乞食。何をやらせても器用で、芸事で身を立てようと江戸に下ってきた。（略）人のする事は何でも、その道の達人から教えを受け、どんなことをやっても立派に暮らせるはずだと腕自慢していた。

それほど芸道に身を打ち込んでも、当面の暮らしには役立たない。算盤や銀秤の使い方を知らなかったことを、この男は悔しがった。侍勤めをしようにも勝手がわからず、町人奉公しても役立たずだと追い出された。今になって思いあたるのだが、諸芸のかわりに商売の仕方を教えてくれなかった親が恨めしい、と言う。

もう一人の乞食は、親の代からの江戸っ子である。通り町に大屋敷を持って、一年に六〇〇両ずつ、決まった家賃を取って何不自由なく暮らしていた。しかし倹約の二字を知らなかったので、その家まで売り払い、身の置き所もなくなった。今では世間を捨てて、乞食頭の車善七の仲間にもならず、気ままな袖乞いをやっている。

一人は大和の竜田の里の者、「すこしの酒造りて、六七人の世を楽々とおくりしに、次第にたまりし金銀取り集めて百両になる時、所の商ひまだるく、万事うち捨てここに下るを、一門残らず、親しき友の色々申して止めける。我が無分別盛んにまかせ、呉服町の肴棚借りて、上々吉諸白の軒ならびには出しけれども、鴻の池・伊丹・池田・南都、根強き大木の杉のかをりには及びがたく、酒元手を皆水になして、四斗樽の薦《こも》を身に被りて、故郷の竜田へ紅葉の錦は着ずとも、せめて新しき木綿布子なれば帰るに」と、男泣きして「これに付けても、仕付けたる事をやめまじきものぞ」と、言ふほどよろしからず、よい知恵の出時もはや遅し。

また一人は泉州堺の者なりしが、万に賢過ぎて、芸自慢してここに下りぬ。（略）人間のするほどの事、その道の名人に尋ね覚え、何をしたればとて、人の中には住むべきものをと、腕だのみせしが、かかるいたり穿鑿《ぜんさく》、当分身業《みすぎ》の用には立ちがたく、十露盤《そろばん》を置かず、秤目知らぬ事を悔しがりぬ。武士づとめは勝手を知らず、町人奉公もおろかなりとて追ひ出され、

今この身になりて思ひあたり、諸芸のかはりに、身を過ぐる種を教へをかれぬ親達を恨みける。

今一人は、親から江戸の地生《じばえ》にて、通り町に大屋敷を持ちて、一年に六百両づつ、さだまつての棚賃を取りながら、始末の二字をわきまへなく、その家まで売りはたし、身の置き所なく、心の燃ゆる火宅を出でて、車善七が中間はづれの、物もらひとなりぬ。

（『日本永代蔵』巻二の二）

一人目の乞食は、江戸で造り酒屋を始めたあげく、上方から下される銘酒に太刀打ちできず、破産した。二人目はどんな芸事にも長けた教養人だったが、商人生活に必要な算盤や銀秤の使い方を学ばなかったので生活できなくなった。この二人は、江戸で一旗揚げようとした上方の人間である。三人目は江戸っ子だったが、家賃収入を上回る放蕩のため、破産してしまった。

新六は、自分と同じような境遇の三人の乞食に、我が身の上を話した。

乞食たちそれぞれの身の上話を聞いてみると、なるほど自分と同じだと身につまされ、哀れさも増した。新六は、乞食の枕元で、

「私も京の者ですが、勘当されて、お江戸で暮らそうと、ここまで下ってまいりました。皆さんの話を聞いて心細くなりました」

と、恥を隠さず言えば、三人は口を揃えて、

「親仁殿に詫びを入れる手立てはないのですか」

「仲裁をしてくれる叔母様はいないのか」

「何としてでも、江戸には下らないほうがいい」と言う。

「もう、後戻りはできない身の上で、これから先のことを考えなければなりません。ところで、皆さんは賢そうなのに、このように落ちぶれてしまったのは不思議です。どんなことをしても、稼げそうに見えますが」と言うと、

「とんでもない。この広い江戸の御城下でも、日本中の賢い人が集まっていて、銭三文でも、簡単には儲けさせてはもらえません。今はただ金が金をためる世の中ですから」

と、乞食は答えた。


思ひ思ひの身の上物語、さりとては同じ思ひに哀れ深く、新六、枕に立つより、

「我らも京の者なるが、旧里断《きら》れて、お江戸を頼みに下りけるが、各々咄を聞くに心細し」

と恥をつつまず申せば、三人ともに口を揃へて、

「詫び言の手便《てだて》はあらずや」

「姨《おば》様もないか」

「何とぞ、下り給はぬがよいものを」と言ふ。

「はや、跡へ帰らぬ昔、今から先の思案なり。さて面々の利発にて、かく浅ましくなり給ふは不思議なり。何事を見立て給ひても有るべき」と言へば、

「いかないかな、この広き御城下なれども、日本の賢き人の寄り合ひ、銭三文、あだには儲けさせず。ただ銀《かね》が銀をためる世の中」と言へり。

（『日本永代蔵』巻二の三）

…………

破産した乞食たちの忠告が面白い。江戸は賢い商人が集まっているから、簡単には儲けられない。

「ただ銀が銀をためる世の中」と言っているのである。

資金さえ豊富なら、才覚やチャンスがなくても儲かるものだ。こういう考え方をしている人は現代でも多い。貧富の差が固定するのは現実社会の一面でもある。自然主義文学者が考えたように、西鶴が『日本永代蔵』を書いているうち、そういう過酷な社会現象に気づいたというようなことではなく、当時の商人は、実は、みなそう思っていたにちがいない。だが……。

「あきらめたらあかん。商人《あきんど》に生まれたからには、褌《ふんどし》一丁で儲けてみいや」

不況のなかで、三人の乞食のように内向き志向になった商人たちに、西鶴は新六の活躍を描いて、檄《げき》を飛ばしているかのように、私には思われる。

注意したいのは、新六の変化である。手代の忠告には耳を貸さず勘当された新六が、乞食の身の上話には丁寧に耳を傾け、自分の恥まで語っている。今風に言うなら、コミュニケーション能力が、格段に向上しているのだ。これは「艱難《かんなん》、汝を玉にす」という諺どおり、無一文で江戸に下ってくる間に、傍若無人だった新六の性根が変わったからだ、と読むこともできる。

そしてこの後、少ない元手でもできる商売を乞食たちから聞いた新六は、銭儲けの種をそこに見出すことになるのだが、ここで質問。

次の文章を読んで、新六の見つけた儲け口が、分かりますか？


……………………………………………………………………………………


「皆さんは、長い間世の中をご覧になっていますが、何か良い商売の工夫はないものでしょうか」

と、新六は尋ねた。

「そうですな、捨てられた貝殻がたくさんあるから、それを霊岩島で焼いて石灰を作るか、江戸は人がせわしい所だから、昆布を刻み、花鰹をかいて、量り売りするか、あるいは木綿の布地を買って、手拭いを切り売りするか。そんな事ぐらいしか、元手のかからぬ商売はないだろうね」

と、乞食が答えたことのなかに、新六は商売の種を見つけ、夜明けの別れ際に、三人に三〇〇文の銭を置いてきた。乞食は大層喜び、

「あなたの幸運が見えるようです。もうすぐ、富士山ほどの金持ちになられましょう」

と言ったそうだ。


……………………


「久しく見及び給ふうちに、商ひの仕出しはなきか」と尋ねしに、

「されば、大分にすたりゆく貝殻を拾ひて、霊岩島にして石灰を焼くか、物ごと忙しき所なれば、刻み昆布、花鰹かきて計り売りか、続き木綿を買うて手拭ひの切り売りか、かやうの

事ならでは、かるい商売有るまじ」と言ふにぞ智恵つき、夜の明け方に立ち別れけるが、三人に三百の置き銭、悦ぶこと限りなく、
「御仕合せ見へて、富士山ほどの金持ちに今のことぞ」
と、申しける。

（『日本永代蔵』巻二の三）

①石灰作り、②刻み昆布か花鰹の量り売り、③手拭い売り、この三種の生業のどれに、新六の選んだ儲け口があったのか。解答は③である。

この段階では、まだ新六の選んだ商売に必然性がないと思われた方が多いかも知れない。私は、③しか選択の余地がなかったと考える。なぜなら、他の二つは、商品にかける労働量が多すぎるからだ。石灰・刻み昆布・花鰹の価格は、労働の対価が大部分を占めてしまう。つまり、商売といっても①と②とは、販売業というより加工業なのだ。新六が手拭いを売ることにしたのは、小売り商人として生きようという決意の現れでもある。

新六は、別れ際、三人の乞食に銭を三〇〇文（六七五〇円）置いてきているから、二貫三〇〇文（五万一七五〇円）あった手持ちの銭が、二貫（四万五〇〇〇円）に減ったことになる。大切な元手を減らしているわけで、少し気前が良すぎるようにも思う。

情報提供者が、その情報の価値を知らない場合、礼金を払うという行為は、現代でもなかなかできないことだ。商品と同じように、情報に対して対価を支払う。そういう誠実な商人に、放蕩児新

六が成長したことを象徴する行為であろう。

それから新六は、伝馬町の木綿店にいた知り合いを訪れ、事情を話した。同情した友人から、「男の働くべき所は、この御江戸だ。一稼ぎしたらいい」と言われたのに、力を得て、計画していたとおり、木綿を買って手拭いの切り売りを始めた。

ちょうど三月二五日の天神様の御縁日に、初めて下谷天神に行って、手水鉢の傍で手拭いを売り出した。「買っての幸い」という口上どおり、参詣人が縁起をかついで買ってくれたので、一日で利益をあげた。

それから毎日、商売に工夫をこらし、一〇年経たないうちに、五〇〇〇両（四億五〇〇〇万円）の金持ちと世間から評判されるようになった。江戸一番の才覚者と言われて、人々はその指図を受け、新六は町の重宝となった。

暖簾に菅笠をかぶった大黒を染め出したので、新六の起こした店の屋号を笠大黒屋と言った。

それより、伝馬町の太物棚にしるべ有りて尋ね行き、この度の子細を語れば、哀れをかけ、「男の働くべきところはここなり。一稼ぎ」と言うにぞ力を得て、思ひ入れの木綿を調へ、切り売りの手拭い。しかも三月二十五日、はじめて下谷の天神に行きて、手水鉢のもとにて売り出しけるに、参詣の人「買うての幸ひ」と、一日に利を得て、毎日これより仕出して、十

ヶ年立たぬうちに五千両の分限にさされ、一人の才覚者と言はれ、新六が指図をうけて、所の人の宝とは成りける。暖簾《のうれん》に、菅笠きたる大黒を染めければ、笠大黒屋といへり。

（『日本永代蔵』巻二の三）

縁起物には、倹約な人でも財布の紐を緩める。つまり、新六は、手拭いという商品に付加価値をつけ、それを販売する場所を工夫したわけである。

親から勘当されるほどの悪人だった新六が、元手もないのに大商人になったというサクセス・ストーリーは、読んでいてたしかに面白い。実在のモデルを忠実に描いた「昔は掛け算今は当座銀」の三井九郎右衛門とは違って、この話は、明らかにフィクションである。にもかかわらず、当時の読者にはリアリティがあったにちがいない。

「不況や言うても、銭儲けのアイデアとチャンスは、ぎょうさん転がってるわ。それを生かすも殺すも、あんたはんの才覚次第やで」

そういう時代を超えた真実は、商人のもっとも根源的な生き方にかかわっているからだと思う。

教訓

一、不景気なときにこそ金儲けのチャンスがある。世間の人と発想を変えてみるべきだ。

一、マーケットに応じて、熟達した人材をいかに早く育てるかが、成功の秘訣である。

一、金儲けのチャンスはどこにでもある。まず、他人の話を丁寧に聞け。当人でさえ気づいていないチャンスがあるかもしれない。

第四章
商売のコンプライアンス

世の人はかしこきものにて、またたましやすく候。
世間の人々は賢くて、また欺きやすいものです。
(『万の文反古』巻五の一)

いかに身過ぎなればとて、人外なる手業すること、適々《たまたま》生を受けて世を送れるかひはなし。その身にそまりては、いかなる悪事も見えぬものなり。
いかに生活のためだとはいえ、人の道にはずれたことをするのでは、せっかくこの世に生まれて、世を送っている甲斐がない。その身に染まってしまうと、どんな悪事でも自覚できなくなるものだ。
(『日本永代蔵』巻四の四)

いつの時代でも、文化や商習慣の違いからトラブルが頻発し、コンプライアンスが問題になるのは外国貿易である。

江戸幕府の外交・貿易政策は「鎖国」と称されているが、厳密に言えば管理貿易を徹底しただけで、国を閉ざしていたわけではない。中国・朝鮮・オランダとは国交があったし、西鶴の生きた一七世紀の日本も、世界情勢から無縁というわけではなかった。

一七世紀に限れば、政治的に東洋世界が最も緊張したのは、満州族の後金(清)が明を滅ぼし、北京に遷都した寛永二一年(一六四四)前後から、清に降った呉三桂が明の桂王(永暦帝)を雲南で殺害した寛文二年(一六六二)ごろにかけてだろう。寛文二年には、台湾に拠って清に抵抗した、近松門左衛門の浄瑠璃「国性爺合戦」でおなじみの鄭成功が歿している。

日本では将軍家光・家綱、清では順治帝・康熙帝、朝鮮では仁祖《インジョ》・孝宗《ヒョジョン》・顕宗《ヒョンジョン》の治世下であった。寛永一四年（一六三七）に、大軍を率いてソウルに侵入した清の太宗（ホンタイジ）に屈した朝鮮は、清の冊封国となり、仁祖の長子昭顕世子《ソヒョンセジャ》（皇太子）は人質となった。彼は、明が滅んだ後、正保二年（一六四五）に朝鮮に帰国したが、仁祖に毒殺されたと推定されている。仁祖は、朝鮮通信使を三回日本に派遣した。

朝鮮ほどではなかったが、日本にも大陸での動乱の余波があった。幕府は、正保三年（一六四六）と慶安三年（一六五〇）との二度、鄭成功らの援兵要請を断ったりしている。

この間日本に亡命した明の遺臣朱舜水《しゅしゅんすい》は、テレビの人気者「水戸黄門」こと水戸藩の徳川光圀に厚遇され、新井白石、荻生徂徠、室鳩巣ら日本を代表する儒者と親交を結んだ。幕末の尊皇思想に多大の影響を及ぼした「大日本史」を編纂した安積澹泊《あさかたんぱく》は、朱舜水から儒学を学んだ。

徳川光圀は、まだ日本人には馴染みのなかった豚肉（東坡肉）を食したことで知られているが、水戸藩では、朱舜水の指導のもとで儒教祭礼の供物として肉料理が捧げられた。江戸では将軍綱吉が「生類憐れみの令」を出している時にも、水戸では獣肉が祭壇に供えられていた。

この時期より前になるが、慶長の役（丁酉倭乱）で藤堂高虎軍の俘虜となった朝鮮官吏姜沆《カンハン》（字太初、号睡隠）は、儒学を学ぼうとしていた藤原惺窩《せいか》と親交を深めた。その学統は江戸忍岡の学寮で朱子学を教えた林羅山に引き継がれて、幕府公認の朱子学に影響を与えた。

日本の武士・儒者と中国・朝鮮の士大夫との交流は、機会があるごとに頻繁に行われたようである。朝鮮通信使に加わった朝鮮人儒者と日本人儒者とが漢詩の唱和をした記録も多く残されている。

このような知識人の交流とは別に、一般町人は外国人をどう捉えていたのだろうか。三都（京・大坂・江戸）の町人は、朝鮮通信使やオランダ商館長の参府を直接見聞することができた。それ以外では、朝鮮貿易を独占した府中藩（対馬藩）を除き、長崎一港にかぎって許可されていた唐物《からもの》（輸入品）取引が、日本人が異文化に触れる窓口となった。

貿易は物や金銭だけではなく、文化の交流する場でもある。西鶴が長崎の唐物取引をどう描いたのか、まず見ていきたい。

『日本永代蔵』巻五の一「廻り遠きは時計細工」では、貿易港長崎が次のように描かれている。

日本を富貴にする宝の港長崎では、秋の貿易船が入港した時のありさまは景気のいいもので、生糸、絹巻物、薬種、鮫皮、伽羅、諸道具の入札が行われる。年々輸入する商品はかなりの量になるが、商人たちは、これを残らず買い取ってしまう。（略）ここに集まる諸国の商人のなかでも、京、大坂、江戸、堺の利発者たちは、すべて大まかな見積もりだけで取引をして、雲を目印にするような、あてにならない異国船に投資するが、損をしたことがない。それぞれの商売の道に抜け目がなく、商品の見込み違いをすることもない。

日本富貴の宝の津、秋舟入りての有様、糸、巻物、薬物、鮫、伽羅、諸道具の入れ札、年々大分の物なるに、これをあまさず。（略）国々の商人ここに集まる中に、京、大坂、江戸、堺の利発者ども、万を中ぐくりにして、雲をしるしの異国船に投げ銀も捨たらず、それぞれ

の道にかしこく、目利きをしるにたがはず。
（『日本永代蔵』巻五の一）

当時、中国船は季節風の関係から春・夏・秋に長崎に入港し、それぞれ春船、夏船・秋船と呼ばれた。長崎には諸国の商人が集まったが、豊富な資金力で入札の主導権を握ったのは、西鶴のあげた京、大坂、江戸、堺に長崎を加えた五箇所商人だった。

貿易で潤った長崎の人々は、秋船が帰国しても裕福だったようだ。寛文八年（一六六八）以降、帰帆は九月二〇日までと決められていた秋船が、一一月末日まで停泊が許されるようになった。貿易船の出払った長崎を、元禄五年（一六九二）刊『世間胸算用』では次のように描写する。

一一月末日を限りに、中国の貿易船が残らず出港してしまうと、長崎も次第にもの寂

長崎に着いた唐人船（『日本永代蔵』巻五の一）

しくなった。しかし、この土地の人々の商売は、中国との交易期間に金を儲け、一年中の諸経費を一度に稼ぎ出しておく。貧しい人も裕福な人も、それ相応にゆったりと暮らし、万事細かに銭勘定の心積もりをしないところである。買い物はたいてい現金払いにして、掛け売買の決算日にも、うるさいことは言わない。正月の近づくころも、普段と変わらず酒を楽しむ。この港は、暮らすのに安心な所である。

……………………………

霜月晦日切りに、唐人船残らず湊を出て行けば、長崎も次第にもの寂しくなりぬ。しかしこの所の家業は、よろづ唐物商ひの時分銀《かね》まうけして、年中のたくはへ一度に仕舞ひ置き、貧福の人相応に緩々《ゆるゆる》と暮らし、万事細かに胸算用をせぬところなり。大方の買ひ物は当座払ひにして、物前の取りやりもやかましき事なし。正月の近づくころも、酒常住の楽しみ、この津は身過ぎの心安き所なり。

（『世間胸算用』巻四の四）

……………………………

『日本永代蔵』の草稿が執筆された時期については、巻一から巻四を貞享二・三年（一六八五・六）、巻五・六を刊行直前の執筆とする暉峻康隆説[*1]と、巻五・六が貞享三年下半期の稿で、他巻はその後書かれたとする谷脇理史説[*2]とが対立し、決着をみていない。

＊1　「『日本永代蔵』の成立をめぐって」『西鶴新論』中央公論社、一九八一年

＊2　「『日本永代蔵』成立への一試論」『西鶴研究序説』新典社、一九八一年

いずれにしろ、この作品が書かれた貞享二年から四年にかけては、貞享二年（一六八五）以降急増

した中国貿易を制限するための政策が、相次いで実施された時期である。貿易の急増した理由は、海外貿易を禁止していた清が「展海令」を出し、中国本土から日本への渡船が許可されたからである。

貞享二年（一六八五）には、翌年からの中国船の年間上限貿易額が銀六〇〇〇貫目（米価換算で約九〇億円）、オランダ船が銀三〇〇〇貫目（約四五億円）に制限する布令がでた。これを御定高《おさだめだか》仕法というが、一隻あたりに割り振られた上限額を超えた残り荷は、船に積み戻さなければならなかった。このため、「唐物《からもの》」（輸入品）の入札値は高騰し、「抜け荷（密貿易）」が頻発した。

『長崎古今集覧』に載る貿易船数を一覧表にした太田勝也編「唐船・オランダ船長崎来航数量」[＊3]を引用する。貞享二年以降、来航中国船数が急増したことが分かる。

＊3　『日本史総覧Ⅳ　近世二』新人物往来社、一九八四年

天和三年（一六八三）	唐船二七隻	オランダ船三隻
貞享元年（一六八四）	唐船二四隻	オランダ船五隻
貞享二年（一六八五）	唐船八五隻	オランダ船四隻
貞享三年（一六八六）	唐船一〇二隻（一八隻積み戻し）	オランダ船四隻
貞享四年（一六八七）	唐船一三七隻（二二隻積み戻し）	オランダ船三隻
元禄元年（一六八八）	唐船一九四隻（七七隻積み戻し）	オランダ船三隻
元禄二年（一六八九）	唐船七九隻（九隻積み戻し）	オランダ船四隻

元禄三年（一六九〇）　唐船九〇隻（二〇隻積み戻し）　オランダ船二隻
元禄四年（一六九一）　唐船九〇隻（二〇隻積み戻し）　オランダ船三隻
元禄五年（一六九二）　唐船七三隻（三隻積み戻し）　オランダ船四隻

さらに『日本永代蔵』の刊行された貞享五年（元禄元年）（一六八八）には、来航する中国船が、七〇隻に制限された。

この年に唐人屋敷の建設が始まり、翌元禄二年（一六八九）には完成する。それまでは長崎市中に宿泊していた中国人は、唐人屋敷から外出することを禁じられた。唐人屋敷に出入りできる日本人は、通事（通訳）と遊女、許可を得た商人だけとなった。

元禄二年以降は、長崎に住んでいても、一般の人々は中国人と接触さえできなくなってしまったのだ。西鶴が『日本永代蔵』を執筆した貞享期は、最後の花火にも似た、統制直前の長崎貿易の最盛期だったということになる。

西鶴は、貿易について『日本永代蔵』巻四の二「心を畳み込む古筆屏風」で、次のように書いている。

………………

中国貿易への投資は大胆でなければならない。先のことはわからないはずなのに、中国人は律義で、たとえ口約束でも違反しない。絹物を巻いた奥の布地の品質を落としたり、薬種にまがい物を入れたりはしない。木は木、銀《かね》は銀と、物事をはっきりさせて、取引は何年も変わることがない。ただひたすら小ずるいのは日本人である。だんだん針を短くし、織り布の幅を縮め、傘にも油をひかない。何でも値段の安いことを第一に考え、いったん売り渡してしまうと、後のことは考えない。我が身にかからない大雨なら、親でも裸足にして、まず自分の利益を優先する。

昔、対馬《しま》行きの煙草といって、小さい箱入りの煙草が大流行したことがあった。大阪で煙草職人に刻ませたところ、当分ばれないだろうと、目立たない下荷を手抜きし、しかもそれを水に漬けて朝鮮人に渡した。船で輸送中に煙草は固まり、吸うこともできなくなった。

朝鮮人はこれを深く恨んで、翌年、前の年の一〇倍の量を注文してきた。欲に目のくらんだ連中が、我先にと急いで煙草を運んだところ、そのまま港に積んだままにしておいて、「去年の煙草は、水に濡れて役に立たなかった。今年は、湯か塩にでも漬けてみなさい」と、全部突き返された。煙草はそのまま腐って磯の土となってしまった。

これを思うに、人をだましたとしても後が続かない。正直であれば神も頭《こうべ》に宿り、清廉潔白ならば仏も心を照らすものだ。

唐へ投げ銀の大気、先は見ぇぬ事ながら、唐土人《もろこしびと》は律義に云約束《いひやくそく》のたがはず、絹物に奥口せず、薬種にまぎれ物せず、木は木、銀は銀に、幾年かかはる事なし。ただ、ひすらこきは日本、次第に針を短く摺り、織り布の幅をちぢめ、傘《からかさ》にも油をひかず、銭安さを本として売り渡すと跡をかまはず。身にかからぬ大雨に、親でもはだしになし、ただは通さず。

昔は対馬《しま》行きの煙草とて、小さき箱入りにして限りもなく時花《はや》り、大坂にてその職人に刻ませけるに、当分知れぬ事とて、下積み手抜きして、しかも水にしたし遣はしけるに、舟わたりのうちに固まり、煙の種とはならざりき。

唐人これを深く恨み、その次の年、なほまた過ぎつる年の十倍もあつらへければ、欲に目のあかぬ人、我遅しと取り急ぎ下しけるに、大分湊に積ませ置きて「去年、煙草は水にしめされ思はしからず。当年は、湯か塩につけてみ給へ」と、皆々突き返され、自づからに朽ちて、磯の土とはなりぬ。

これを思ふに、人をぬく事は跡つづかず。正直なれば神明も頭《かうべ》に宿り、貞廉なれば仏陀も心を照らす。

（『日本永代蔵』巻四の二）

当時は、輸入品を「唐物」、外国人一般を「唐人」とも言ったので、煙草のエピソードに登場する「唐人」は朝鮮人のことである。日本から、対馬経由で輸出した煙草の品質を落とし、水に漬けて重量を増やした日本商人が、朝鮮の取引先からしっぺ返しを受けたというわけだが、この話のテーマになっているのは、商取引のコンプライアンスと信用である。

もともと日本では、商賈は信用が第一だった。市場が限定され、その上同業者組合（仲間）が組織されていたので、悪い評判が立つと商いができなくなった。だから老舗の当主は、「暖簾」すなわち代々培ってきた信用を命がけで守ったのだ。国内では暖簾を大切にしても、海の向こうのことなど知ったことではないという商人が、当時は多かったのだろう。

戦後日本の輸出産業は、高品質と相手国から得た信用とで急成長した。口約束を遵守し、利害を度外視してでも相手の要求に応える日本人を、契約書がすべてだと考える外国人は小馬鹿にしていたのかもしれない。が、西鶴が言うように「正直なれば神明も頭に宿」ったのである。これは誇らしいことだと思う。

西鶴は、中国人について、次のように述べる。

中国人は心が平静で、家業にあくせくしない。琴、囲碁、詩、酒を楽しんで暮らし、秋は月を見るため水辺に出かけ、春は海棠《かいどう》の咲いている山を眺め、今が掛け売り代金の清算をする三月の節句前とも知らないでいるのは、世渡りに無頓着な中国人の風俗である。日本で、こんな真似をする人がいたら、とんだ愚か者だということになる。

ある中国人が、一年中工夫をこらして、昼夜枕元で響く時計の細工を考え始めたが未完成に終わった。その子が受け継いで大方成功し、その後、孫の手に移って、やっと三代目に完成をみて、今では世界の重宝となった。とはいえ、こんな悠長なことは、生活を立てていくためには、とても勘定が合ったものではない。

唐土人《もろこしびと》は心静かにして世の稼ぎもいそがず、琴棋《きんき》詩酒に暮らして、秋は月見る浦に出、春は海棠の咲く山をながめ、三月の節句前とも知らぬは、身過ぎかまはぬ唐人の風俗、なかなか和朝にて、このまねする人愚かなり。

年中工夫にかかり、昼夜の枕に響く時計の細工仕掛け置きしに、その子大方に仕継ぎ、その跡孫の手にわたりて、やうやう三代目に成就して、今世界の重宝とはなれり。さりながら、口過ぎにはあはぬ算用ぞかし。

（『日本永代蔵』巻五の一）

日本人はずるくて欲が深いが、中国人は正直で口約束でも違えることはない。また、中国人は目先の利害にこだわらず、人生を楽しんで、物事を悠長にかまえる。

こういう西鶴の中国人観には、外国人を引き合いにして自らの反省の糧とするという、最近でもままある日本人特有の思考がみられて興味深い。「琴棋《きんき》詩酒に暮らして、秋は月見る浦に出、春は海棠の咲く山をながめ」という中国人観は、「雪月花」を愛《め》で、酒を楽しむという日本の伝統的享楽主義をなぞっているにすぎない。おそらく西鶴は中国人と接した経験がなかったのだろう。

しかし、少なくとも排他的な観点から、外国人を描いてはいない。この点は、商売の相手として、対等に外国人を見ていた当時の商人一般の共通認識だったと思う。西鶴の生きた天和・貞享期に、一時期ではあったが、海外貿易への憧憬があったことを忘れるべきではない。

海外貿易でコンプライアンスを守らなかった場合と違って、国内で商売する商人の不正行為には、西鶴はきわめて厳しい視線を注いだ。

次に取り上げるのは『日本永代蔵』巻四の四「茶に十徳も一度に皆」で描かれた、越前国敦賀の茶商人の話である。

町はずれに、小橋の利助といって、妻子も持たず、自分一人の生活費を稼いではその日暮らしをしている、たいそう才覚のある男がいた。荷ない茶屋をこぎれいにあつらえ、その身は襷《たすき》をかけ、括り袴もかいがいしく、烏帽子をおかしげに被って恵比寿神のかっこうをする。その姿で人より早く朝市に出て、「恵比須の朝茶」と売り歩くと、商人は移り気なもので、喉の渇かない人までもこの茶を飲んで、たいていの人が、恵比寿神の御初穂と同じ一二文ずつ銭を払ったので、日ごとに銭が儲かった。ほどなく貯めた元手で葉茶店を始め、手広く商売をした。その後は、大勢の手代を抱えた大問屋に出世した。

町はづれに、小橋の利助とて妻子も持たず、口ひとつをその日過ぎにして才覚男、荷なひ茶屋しをらしく拵へ、その身は玉だすきをあげて、くくり袴利根《りこん》に、烏帽子をかしげに被《かづ》き、人より早く市町に出で、「ゑびすの朝茶」と言へば、商人の移り気、咽《のんど》の乾かぬ人までも、この茶を呑みて、大かた十二文づつ投げ入れられ、日ごとの仕合せ、程なく元手出来《でか》して、葉茶見世を手広く、その後はあまたの手代をかかへ大問屋となれり。（『日本永代蔵』巻四の四）

主人公の小橋の利助は、茶道具を積んだ屋台を担いで煎茶を売る小商人から大問屋に成り上がった理想的起業家である。しかも、家族さえ持とうとしない筋金入りの努力家でもある。たしかに一心不乱に何かをしようとする場合、家族が煩わしくなることがある。

高度経済成長期には、定時に帰宅する「マイホームパパ」は、多数派の「猛烈社員」から毛嫌いされ、なにか後ろめたい気持ちになったものだ。しかし、終電車で帰宅か、それにさえ間に合わずにサウナで夜明かしし、早朝出勤などという生活を繰り返すサラリーマンに支えられた経済が長続きするはずがない。

小橋の利助は知恵才覚で財をなしたけれども、妻子さえ持とうとしなかったこの男のワーカーホリック的な性状に、西鶴の筆は及んでいる。


………………………………


自分一代の働きで金持ちになった利助を、世間では褒めそやして、ある時期までは歴々の大金持ちから「婿に」と乞われたが、「一万両を貯めないうちは女房を持ちません。結婚するのには、四〇歳まではまだ遅くはありません」と、所帯を持つ出費を計算したうえ、ただ金の貯まるのを楽しみに、淋しく年月を送っていた。

そののち人の道にはずれた悪心が起こり、越中、越後に手代をつかわし、捨ててしまう茶の煮殻《にがら》を買い集めさせた。表向きは、京で染め物に使うのだということにして、実は、飲むための葉茶に煮殻を混入し、人には分からないように、これを売りさばいた。

一度は利益を得て商売が繁盛したが、天が不正を咎めたのだろうか、利助が急に狂乱し、自分から悪事を国中に触れまわった。「茶殻、茶殻」と言い散らしたので、「さては、あのように金持ちになったのは、さもしい心根からか」と、人の付き合いが絶えて、医者を呼んでも往診する者もない。おのずから体もだんだん弱って、湯水も喉を通らない。すでに末期が近くなった時、「今生の思い晴らしに、せめて茶を一口でも飲みたい」と涙をこぼす。

茶を見せても、因果なことに喉が詰まって飲むことができない。息が絶えるという時になって、内蔵の金子《きんす》を取り出させ、足元から枕にまで並べ、「俺が死んだなら、この金銀は誰の物になるのだろうか。そう思うと、惜しい、悲しい」と、金銀にしがみついたり嚙みついたり、血の涙が筋を引いて流れ、顔つきは、さながら角のない青鬼のようだ。幽鬼のような姿で家中を飛びまわり、気絶したのを押さえつけると、またよみがえって、銀があるかと尋ねる事が三四、五度に及んだ。

これまでは我が働きにて分限になり、人のほめ草なびき、歴々の乞ひ聟《むこ》にも願ひしに、「一万両よりうちにて女房をよばず。四十までは遅からず」と、当分の物入りを算用して、銀の溜まるを慰みに、淋しく年月を送りぬ。

それより道ならぬ悪心発《おこ》りて、越中、越後に若い者をつかはし、捨たり行く茶の煮辛《にがら》を買ひ集め、京の染め物に入る事と申しなし、呑み茶にこれを入れまぜて、人知れず、これを商売しければ、一度は利を得て家栄えしに、天これを咎め給ふにや、この利助俄に乱人となりて、我と身の事を国中に触れまはり、「茶辛、茶辛」と口をたたけば、「さては、あの分限、さもしき心底より」と、人の付き合ひ絶えて、薬師《くすし》を呼べど行く人なく、おのづから次第弱りに、湯水のかよひ絶えて、既に末期におもむき、「我今生のおもひ晴らしに茶を一口」と涙を漏《こぼ》す。

目に見せても咽に因果の関居《すわ》りて、息も引き入る時、内蔵の金子取り出させて、跡や枕に

ならべ、「我が死んだらば、この金銀誰が物にかなるべし。思へば惜しや、悲しや」と、しがみつき噛みつき、涙に紅の筋引きて、顔つきは、さながら角なき青鬼のごとし。面影屋内を飛びめぐりて落ち入るを、押しつくれば、よみがへりして、銀を尋ぬる事三十四五度に及べり。

（『日本永代蔵』巻四の四）

食品の品質管理の厳しくなった現代でも、賞味期限切れの食品のラベルを貼り替えたり、生産地を偽ったり、果てには事故米を食米に混ぜたりする事件さえ起きた。茶葉に煮殻を混ぜた利助の行為は、コンプライアンスに違反した、この類の事件だった。

もちろん、この頃は消費者を守る法令などないから、誰かが利助を町奉行に訴えないかぎり事件にはならない。訴えられたとしても「相対済まし（双方の示談）」で処理されただろうから、利助の損にはならなかったはずだ。

事件が露見したのは、気の狂った利助が自分の悪事を口走って、それが世間の噂になったから、ということになる。では、なぜ利助は狂乱したのか。

天の咎めや良心の呵責から、という理由ではありきたりに過ぎる。西鶴は、利助が金儲けのことだけ考えて妻子を持とうとしなかったことに原因があると考えたのではないか。

家族を慈しむ余裕があったなら、利助はこんな事件を起こさなかっただろう。なぜなら、自分の妻子に煮殻の混じった茶葉で煎じた茶を飲ませようとは、誰でも思わないからだ。利助も、家族に対するのと同じ気持ちで、商売相手に接することができたかもしれない。

コンプライアンスを守ることは難しいことではない。消費者にしろ、取引先にしろ、相手を家族だと考えることだ。

「お客様は神様です」という言葉には、私はどこか嘘が感じられてしまう。神様とまでいかなくても、西鶴は「お客さんは家族やで」と言いたかったのではないか。

ところで、この話には後日譚がある。

その後、利助の跡目にと遠い血筋の親類をまねき、遺産を渡そうとしたが、利助の死に様を伝え聞いて身を震わし、箸を一本受け取る人もいない。使用人に「分け合って遺産を持って行け」と言うけれど「一向にそんな望みはない」と断って、この家でお仕着せにもらった着物まで置いて逃げ出してしまった。欲の固まりであるはずの人間も、こうなるとだらしがない。仕方なく

狂乱し幽鬼のようになって暴れる利助（『日本永代蔵』巻四の四）

家財道具を売り払い、残らず檀那寺に寄進したところ、住職は思いがけない幸運だと喜んだ。そして、この金を仏事にはつかわず、京都に上って野郎遊びに打ち込み、また東山の色茶屋で女遊びにつかい果たしてしまった。

利助は死んだ後も、方々の問屋をめぐり、年々の売掛金を取りに歩いたのは不思議なことである。死んだとは知りながら、利助が生前の姿そのままなのに恐れをなして、問屋では銀の重さをきちんと計って、清算した。この事が噂となり、利助が住んでいた家は化物屋敷だと、ただでも貰う人はおらず、荒れたまま朽ち果てた。

その後、利助が跡に遠き親類をまねき、これを渡すに、聞き伝へて身をふるはかし、箸をかたし取る人なし。下人どもに「配分して取れ」と言へど「さらに望みなし」とて、この家にて仕着せの布子《ぬのこ》まで置いて出れば、欲でかためし人も愚かなるものぞかし。せんかたなくて諸事売り払ひ、残らず檀那寺にあげしに、思ひの外の仕合せ、これを仏事にはつかはずして、京都にのぼり野郎遊びに打ち込み、または東山の茶屋の喜びとぞなれり。

利助相果てて後、所々の問屋をめぐり、年々の売掛けを取るこそ不思議なれ。死に失せしとは知りながら、昔の形に恐れて、軽目なしに掛けて済ましける。この事さたして、利助が住める家居を化物屋敷とて、人ただももらはず、崩るるままに荒れける。

（『日本永代蔵』巻四の四）

尾崎紅葉『金色夜叉』の貫一のように、何か理由があって登場人物が守銭奴になるという小説は多いが、金銭への純粋な執着心から、主人公が幽霊になったという話は珍しい。

西鶴の描いた利助は、悪人に徹しきれず発狂したという点では、彼の遺産を色遊びに費やしてしまった坊主よりは、よほどまっとうな人間だと思うのは私だけだろうか。

蓄財には覚悟が必要である。ただその覚悟が人間らしさを失ったときに、金と人との関係が逆転して、人が金に食われてしまうような事態に陥る。

つまりコンプライアンスとは、人が人であり続けることだと思う。

教訓

一、貿易には、正直で誠実に対応することが第一である。
一、お客様は家族です。
一、蓄財には、人間性への自覚が必要である。

第五章
人間は欲に手足のついたもの

人間は欲に手足の付いたるものぞかし。

人間は、欲に手足の付いたようなものだなあ。

（『諸艶大鑑』巻三の二）


欲は人の常なり、恋は人のほかなり。

欲心は人間なら誰でも抱くものであり、恋心は人の分別を超えるものである。

（『本朝二十不孝』巻二の三）


人間の欲には際限がない。貧乏人が金を欲しがるのは当然かもしれないが、金持ちだって、もっと金が欲しい。人間から、そういう欲が消えてしまったら、経済は成り立たない。

当時「無間の鐘」という恐ろしい鐘があった。静岡県掛川市「佐夜の中山」の北、無間山（粟ヶ岳）にあった曹洞宗観音寺の鐘で、この鐘を撞けば来世は無間地獄に堕ちるけれども、現世は富貴になれるというのである。

極楽往生するより、生きているとき金持ちになりたい、と思うのは凡人の常に思うところで、あまりに鐘を撞く人が多かったので、住職が古井戸に埋めたと伝えられる。その「無間の井戸」は、現在粟ヶ岳の阿波々《あわわ》神社境内にある。

『日本鹿子』という当時の名所記には、

今とても、その鐘の埋まりし跡なりとて、榊の枝を切りて、さかさまに打ち込みぬれば、鐘撞きたる同意とて、いかなる者の仕業やらん、絶えず榊の有之《これあり》。

（『日本鹿子』）

> 今でも、その鐘が埋まっている跡だというので、榊の枝を切って逆さに打ち込めば、無間の鐘を撞いたのと同じ効果があると、誰の仕業か知られないがいつも榊が打ち込まれていた。

と、書かれている。

人間の金銭への執着は、かくも凄まじい。

西鶴は、放漫経営で家業を潰し、手代からも見捨てられて無一文となった忠助という駿河の呉服屋が、長屋仲間から集めた金で佐夜の中山までやってきて「無間の鐘」を撞く様子を、次のように描いた。

> 佐夜の中山に立たせたもう峯の観音にお参りして、後世はどうなろうとかまわないから現世を金持ちにしてくれと祈り、いつの世にか埋もれたはずの無間の鐘のあり所を探し当てた。一心不乱に「私一代、今一度長者にしてください。子供の代には乞食になってもかまいませんから、今の貧乏をどうかお助けください」と祈っては、その一念が地獄の底まで通じるほどの勢いで鐘を撞いた。

> **佐夜の中山に立たせ給ふ峯の観音に参り、後世はともあれ現世を祈りて、いつの世には埋みし無間の鐘のあり所を尋ねて、骨髄抛《なげう》つて、「我一代、今ひとたびは長者になし給へ。子供が代には乞食になるとも、只今たすけ給へ」と、心入れ奈落までも通じて突きにける。**

……

遺産を食いつぶした自分のことは棚にあげて、子供が乞食になってもかまわない、と祈る忠助は、ずいぶん手前勝手な男である。その性分を、西鶴は痛烈に批判している。

（『日本永代蔵』巻三の五）

……………………………

この鐘を撞いただけで金持ちになれるならば、今の世の人はみな、末の世には蛇《じゃ》になってもかまわないと思うにちがいない。まして蛭《ひる》の地獄など恐ろしいはずがない。愚かな忠助は、無駄な旅銭をつかって、ここにやって来た。まずさし当たって、その分が損になった。駿河に帰って、このことを話すと、聞く人はみな「そんな根性だから貧乏するのだ」と、忠助を指さしてあざ笑った。

……………………………

この鐘を突きて分限にならば、今の世の人、末の世には蛇になる事もかまふべきか。増して蛭《ひる》の地獄など恐ろしからず。愚かなる忠助、無用の路銭をつかひて、ここに来にけり。まづさし当たりて、これほどの損にはなりぬ。駿河に帰りて語れば、聞く人ごとに「その心からあれ」と、指をさしける。

（『日本永代蔵』巻三の五）

「無間の鐘」を撞こうと思いつくこと自体、そんな男は金持ちにはなれるはずのない欠陥人間だと分かるわけで、忠助は旅費を無駄にしただけだと、西鶴に揶揄されている。が、こういう一攫千金の夢をもつ人は現代でも多い。年末ジャンボ宝くじを買って外れたあとで、この金で酒でも飲んでおけばよかった、と後悔する人が大勢いるようなものである。人間の欲は、江戸時代でも現代でも変わらない。

『世間胸算用』巻三の三「小判は寝姿の夢」にも、「無間の鐘」を撞いてでも金が欲しいと願っている男が登場する。この男の場合は、年が越せなければ一家が飢え死にするという切羽詰まった状況にあった。

「夢にも暮らしのやりくりを忘れるな」。これはある大金持ちの言葉である。

思う事を必ず夢に見るというが、夢には嬉しいこともあれば、悲しいこともある。さまざまな夢のなかでも、金を拾う夢などはさもしいものである。今の世に金など落とす人はいない。めいめいが金は命と思って、大切にしている。万日回向の終わった境内でも、天満祭の翌日でも、必死に探したところで銭が一文落ちているわけではない。とにかく自分で働かないことには金を儲けることはできないのだ。

さる貧乏人が、地道に働いて稼ぐことをしないで、一足とびに金持ちになることを願った。この前江戸にいた時、駿河町の両替屋の店先で、むき出しの銀貨が山のごとく積まれていたのを見たことが、今でも忘れられない。

「ああ、今年の暮れには、あのとき見た銀のかたまりが欲しい。敷革《しきがわ》の上に新小判が、俺の寝姿ほどあったのに」

と、一心にそのことばかり考えて、粗末な布団の上に寝転んでいた。

時は、ちょうど一二月晦日の曙のこと。女房一人が目覚めて、「今日一日、どう考えても越すことができない」と、家計のやりくりを心配していた。ふと窓から差し込んだ朝日の方を見ると、どうしたわけか、小判が一かたまり置いてある。「これはありがたい、ありがたい。天の与え」と嬉しくなり、「お前さん、お前さん」と、寝ている亭主を呼び起こす。「何だ」と答える亭主の声がしたと思うと、小判が消えてしまった。

さても惜しいことをした、と女房は悔やんで、亭主にこの事を話す。

「江戸で見た金子《きんす》が欲しい、欲しいと思いつめた俺の一念が、きっと小判となって顕れたのだろう。今の貧しさを考えると、たとえ後世は成仏できず地獄に堕ちたとしても、佐夜の中山にあるという無間の鐘を撞いてでも、先ずこの世をたすかりたい。たった今裕福な者は極楽にいて、貧乏人は地獄に堕ちているようなものだ。釜の下へくべる薪さえ買えやしない。なんともつらい年の暮れだ」

と悪心がきざすと、魂が入れ替わる。亭主が少しまどろむや、黒白の鬼が火の車をとどろかせ、この男の魂を引っさらって、まだ死んでもいないのに、あの世とこの世の境を見せた。


夢にも身過ぎのことを忘るなと、これ長者の言葉なり。思ふ事を必ず夢に見るに、うれしきことあり、悲しき時あり、さまざまの中に、銀《かね》拾ふ夢はさもしきところあり。今の世に落とする人はなし。それぞれに命と思ふて、大事に懸くることぞかし。いかないかな、万日回

向の果てたる場《には》にも、天満祭の明くる日も、銭が一文落ちてなし。とかく我が働きならでは出ることなし。

さる貧者、世の稼ぎは外になし、一足とびに分限になることを思ひ、この前江戸にありし時、駿河町見世《みせ》に、裸銀山のごとくなるを見しこと、今に忘れず、あはれ、今年の暮れに、その銀のかたまりほしや。敷革《しきがは》の上に新小判が、我らが寝姿ほどありしと、一心に余の事なしに、紙衾《かみぶすま》の上に臥しける。

頃は十二月晦日の曙に、女房は一人目覚めて、「けふの日、いかに立てがたし」と、身代の取置きを案じ、窓より東明かりのさすかた見れば、何かは知らず、小判一かたまり、「これはしたり、これはしたり、天の与へ」と嬉しく、「こちの人、こちの人」と呼び起こしければ、「何ぞ」といふ声の下より、小判は消えてなかりき。

「さても惜しや」と悔やみ、男にこの事を語れば、「我、江戸で見し金子、欲しや欲しやと思ひ込みし一念、しばし小判顕はれしぞ。今の悲しさならば、たとへ後世は取りはづし、奈落へ沈むとも、佐夜の中山にありし無間の鐘をつき《た》てなりとも、先づこの世をたすかりたし。目前に福人は極楽、貧者は地獄、釜の下へ焼くものさへあらず。さても悲しき年の暮れや」と、我と悪心発《おこ》れば、魂入れ替はり、少しまどろむうちに、黒白の鬼、車をとどろかし、あの世この世の堺《さかひ》を見せける。

（『世間胸算用』巻三の三）

「一足とびに分限になること」を願った主人公は、「さる貧者」とされるだけで、名前が記されていない。成り上がるにしろ落ちぶれるにしろ、主人公の名が明記される『日本永代蔵』と違い、『世間胸算用』では、登場人物の名前がどの章にも書かれていない。そして、貧乏人は貧乏なままで、『日本永代蔵』の主人公のように、才覚を活かして出世することもない。

暉峻康隆氏は、その理由を、西鶴は「下層町人大衆の絶望的な生活」を「特定の個人の運命」としてではなく「大衆の運命」として描こうとしたからだ、と述べた（『西鶴　評論と研究・下』中央公論社、一九五〇年）。たしかに、『世間胸算用』の登場人物は、路地で立ち話をしているような普通のオッチャンやオバチャンである。

一年最後の収支決算日（大晦日）に悪戦苦闘する江戸時代の庶民の心情は、デフレ時代を乗り切ろうと奮闘する現代人の心情と似たところがある。金銭欲を、誇張をまじえてユーモラスに描いた『世間胸算用』を読むと、変な言い方だが、人が愛おしくなるのは、そのせいだろうか。

さて、「女房」「内儀」といった普通名詞で記されているこの男の妻は、働こうともしないグータラ亭主に似つかわしくない賢妻だった。

…………………………………

女房はこの様子を見て嘆き、自分の夫に意見した。

「世に一〇〇歳まで生きる人はおりません。だから無意味な願い事をするなんて愚かです。互いの心が変わらなければ、これから先にめでたく年を取ることもできましょう。自分の暮らし向きを思うと、さぞ悔しいことでしょう。けれども、このままでは家族三人が命を失うことになります。私が今、働きに出るのは、一人いる子供の将来のためにもよいことです。

奉公の口があるのは運がよいこと。私の代わりにあなたが子供を手塩にかけて育ててくれれば、私たち夫婦の末の楽しみにもなります。幼子を捨てるのは酷い事ですから、どうかよろしくお頼みいたします」

と涙をこぼす。

男の身にしては悲しく、ただ言葉もなく目をふさぎ、女房の顔さえ見られないところへ、墨染*1あたりに住んでいる人置き*1の嬶《かか》が、六〇あまりの祖母《ばば》様を連れて来た。

「昨日も言った通り、お前さんの乳房は乳の出がよさそうなので、給金の前渡し銀八五匁、その上に年四回のお仕着せまで支給してくださるのだから、まったくかたじけないことと思いなさいよ。雲突くような大女の飯炊きが、布まで織らされて、半季の給金三二匁が相場なのに、こんな高給を貰えるのは乳のおかげですからね。お前さんがいやならば、京町の上*3にも、乳母奉公したいという女を見立てておきました。今日決めなければならない奉公口なのだから、またあとで返事をするなんてことはできませんよ」と言う。

こんなことを言われても、女房は愛想よく「何をいたしましても、この身が助かるためでございます。大切なお坊ちゃまをお預かりして、いかがでございましょうか、できますのなら、ぜひとも御奉公したいと望んでおります」と言う。

人置きの嬶《かか》は、男には口も聞かない。

「では、少しでも早く奉公先へまいりましょう」

と、隣家から硯を借りて来て、一年契約の証文を書き、前渡しの給金を残らず渡す。人置きの嬶《かか》は手早く、「後で貰っても今でも同じこと、これは、世間の約束事ですよ」と、八五匁、数三七と書き付けのある銀包みのなかから、八匁五分をきっちりと受け取る。

「さあ、お乳母どの、身拵えなどしなくてもいいですから」と、女房を連れて行く時、男は涙を流し、女も涙で顔を赤くして「おまん、さようなら。母ちゃんは旦那様の所へ行ってしまうけれど、正月一六日の藪入りに帰ってくるから、じきに会えるよ」と言い捨てて、何やら両隣へ頼んでから、また涙にくれた。

こんな場面を見ても、人置きは気強く、「親はなくとも子は育つ。打ち殺そうと思っても、死なないものは死なないものです。では御亭主様、さようなら」と言って出て行く。雇い主の祖母《ばば》様は、この世をはかなんで、「私の孫があわれなのも、この子があわれなのも同じこと。人の子を乳離れさせるのは、かわいそうなことじゃ」と、振り返る。

人置きは「それは金が敵《かたき》の世の中のせい。あの娘が死んだとしても、それだけのことです」と、その母親が聞いているにもかまわず言い放ち、女房を連れ去ってしまった。

＊1　墨染――京都市伏見区墨染町。
＊2　人置き――奉公人などの斡旋業。
＊3　京町の上――京都市伏見区京町の北。

女房この有様をなほ嘆き、我が男に教訓して「世に誰か百まで生きる人なし。しかればよしなき願ひする事、愚かなり。たがひの心替らずば、行く末にめでたく年も取るべし。わが

手前を思しめして、さぞ口をしかるべし。されどもこのままありては、三人ともに渇命におよべば、ひとりある倅《せがれ》が後々のためにもよし。奉公の口あるこそ幸ひなれ。何とぞあれを手にかけて育て給はば、末の楽しみ、捨つるはむごい事なれば、ひとへに頼みます」と涙をこぼせば、男の身にしては悲しく、とかうの言葉もなく目をふさぎ、女房顔を見ぬ所へ、墨染あたりに居る人置きの嚊《かか》が、六十あまりの祖母《ばば》さまをつれだち来て、「きのふも申す通り、こなたは乳ぶくろもよいによつて、がらりに八十五匁、四度の御仕着せまで、かたじけない事と思はしやれ。雲つくやうな食《めし》たきが、布まで織りまして半季が三十二匁、何事も乳の蔭ぢやと思はしやれ。またこなたがいやなれば、京町の上にも見立てておきました。けふの事なれば、またといふ事はならぬ」と云ふ。

内儀きげんよく「何をいたしますとも、身をたすかるためでござります。大事の若子さまを預かりましても、何とござりましよ。私はなるほど御奉公の望み」といへば、男には物をいはず、「少しも早くあなたへ」と、隣の硯借つて来て、一年の手形を極め、残らず銀渡して、かの嚊《かか》手ばしかく「後といふも同じ事、これは世界がこの通りの御定め」と、八十五匁数三十七と書き付けのある内、八匁五分厘《りん》と取りて「さあ、お乳母どの、身ごしらへまでない事」と連れ行く時、男も涙、女は赤面して「おまん、さらばよ。嚊は旦那様へ行きて、正月に来てあふぞよ」と言ひ捨てて、何やら両隣へ頼みてまた泣きける。

人置きは心強く、「親はなけれど子は育つ。打ち殺しても、死なぬものは死にませぬぞ。御亭様、さらば」とばかりに出て行く。このかみ様世を観じ、「我が孫のふびんなも、人の子の乳ばなれしはかはゆや」と見返り給へば「それは銀《かね》が敵《かたき》、あの娘は死に次第」と、その母親が聞くもかまはず連れ行きける。

(『世間胸算用』巻三の三)

「人置き」というのは奉公人の周旋を職業とする人で、西鶴が書いているように、給金の一割の手数料を取った。この「人置き」は、「銀《かね》が敵《かたき》」と言い放つ冷酷な商売人である。今ならさしずめ、行き場のない派遣労働者をクビにして「あとは、国が面倒をみればいい」と放言する経営者のようなものだ。

西鶴は、裏長屋の貧乏人相手の質屋を描いた「長刀はむかしの鞘」(『世間胸算用』巻一の二)という作品で、「まことに世の中の哀れを見ること、貧家のほとりの小質屋、心弱くてはならぬ事なり」(まことに、世間の哀れをきわめているのは貧乏長屋のそばの小質屋である。気が弱い人には勤まらない)と述

小判の寝姿になった夢。そばで女房が幼子を抱いている(『世間胸算用』巻三の三)

べている。

「人置き」にしろ「小質屋」にしろ、貧乏人から金を稼ぐには、同情心を捨てなければならない。

そう考えると、職業意識に徹している点では「人置きの嬶《かか》」は、金銭欲だけを肥大させたグータラ亭主より、よほど立派だと言えるかもしれない。


ほどなく大晦日の暮れ方になると、この男に無常心が起こる。

「自分は、多額の遺産を受け取りながら、胸算用が悪かったために破産したあげく、江戸に居られなくなってしまった。こうして伏見の里に住むことができたのも、まったく女房の情けのおかげ。大福茶[*4]だけで祝ったとしても、めでたい正月を夫婦二人で過ごすのが楽しみだったのに。女房の気持ちを思うとかわいそうなことをした」

女房が買っておいた雑煮用のかん箸二膳が棚の端に見えた。男はそれを取って「一膳は、正月にはいらなくなってしまった」と、へし折って鍋の下で燃やしてしまった。

夜が更けてもこの子が泣き止まないので、長屋のかみさん連中が集まって、男に地黄煎《じおうせん》で甘みをつけた、米粉を溶いた湯冷ましを、竹の管で飲ますことを教え、「まだ一日しかたたないのに、この子の顎がやせたようだよ」と言う。この男は「仕方ない」と向かっ腹を立て、手にした火箸を庭へ投げつける。

「あんたさんはかわいそうだが、女房どのは幸せもんだ。奉公先の旦那様は、きれいな女をつかうことが好きだそうな。このまえ亡くなられた奥様とあんたの女房とは似たところがある。ほんに、後ろ姿のいろっぽいところがそっくりだよ」

この男は、そう言われるやいなや「さっき受け取った金は手付かずのまま。それを聞いたからには、たとえ死んでも、それはそのときのこと」と駆け出して行き、女房を取り返して、涙ながらに一家で年を越した。

＊4　大福茶——元旦に、若水で煎じ、梅干などを入れて飲む茶。

程なう大晦日の暮れ方に、この男無常発《おこ》り、「我、大分の譲り物を取りながら、胸算用のあしきゆゑ、江戸を立ち退き、伏見の里に住みけるも、女房どもが情けゆゑぞかし。大福ばかり祝うてなりとも、あら玉の春に二人あふこそ楽しみなれ」心ざしのあはれや、かん箸二膳買ひ置きしが棚の端に見えけるを取りて「一膳はいらぬ正月よ」と、へし折りて鍋の下へぞ焼《た》きける。

夜更けて、この子泣きやまねば、隣の嚊たちとひよりて、摺り粉に地黄煎《ぢわうせん》入れて焼《た》きかへし、竹の管にて飲ます事を教へ、「はや一日の間に、思ひなしか、おとがひがやせた」と言ふ。この男、「さても是非なし」と心腹立つて、手に持つたる火箸を庭へ投げける。「お亭様はいとしや、お内儀様は果報。ささの旦那殿が、きれいなる女房をつかふ事が好きぢや。ことに、この中《ぢゆう》お果てなされた奥様に似た所がある。本に、後ろつきのしをらしき所がそのまま」と言へば、この男聞きもあへず、「最前の銀《かね》はそのままあり。それを聞いてからは、たとへ命が果て次第」と、駆け出し行きて、女房取り返して、涙で年を取りける。

……（『世間胸算用』巻三の三）

貧困にあえぐ夫婦の愛をテーマにした、悲しいけれどちょっといい話。こんな感想をこの小説に持った方が多いだろう。

私は、学生にこの話を読ませたあとで、「このあと、一家はどうなったのだろうか」と質問することにしている。なぜなら、このままでは家族三人が飢死するという状況は、女房を連れ戻したあとでも、少しも変わっていないからだ。

まず悲観的見解。①愛情だけでは生きられないから一家心中するほかない。

逆に楽観的見解。②反省した亭主が働くようになって、一家は幸せになる。

さらに、①でも②でもない現実的見解。③亭主に愛想をつかした女房が離縁をせまる。

私の経験では、②か③の結末を想像する学生が多い。③の離婚説に共感するのは女子学生が多いが、この出来過ぎ女房は、亭主への愛情が強すぎて結局男をダメにしているし、自分自身の夫からの乳離れができていない、というのがその理由である。

このように、西鶴の書いていない作品の結末を想像することで、作品テーマの解釈が違ってくる。「夫婦愛」だと読み取るのが一般的だが、「亭主から自立しつつある女性」を読み取った読者がいても不思議ではない。

多様な読み方ができるところに、西鶴小説の魅力がある。

ところで、私はもう一つの結末が想像できると思う。それは、④長屋連中の好意にすがって、この一家はなんとか飢え死にせずにすむ、という結末である。これは、この作品のディテールの解釈にかかわってくる。

夫と子に別れを告げた出立間際の女房が「何やら両隣へ頼みてまた泣きける」と本文には書かれているが、長屋のオバチャン連中に何をささやいたのか、肝心なことが分からない。乳飲み子の世話を頼んだとも考えられるし、あるいは、その後の亭主の行動を見ると、亭主のジェラシーを刺激してくれと言ったのかもしれない。

そもそも長屋の連中は女房の奉公先を知らなかったはずだ。いわんや「さきの旦那殿が、きれいなる女房をつかふ事が好きぢや」なんてことは知っているはずがない。しかも、死んだ奥様に、女房の「後ろつきのしをらしき所がそのまま」と言うに及んでは笑ってしまう。後姿が似ているということは、顔立ちは似ていないということではないか。

つまり長屋のオバチャンたちは、この夫婦が今まで通り一緒に住むよう、亭主をあおっているのである。そうである以上、女房が乳母をやめて一家が心中か離散でもすれば、オバチャン連中の責任になる。

「貧乏しとっても、そんな薄情なこと、ようやらん」

そういう覚悟があって、女房を取り戻すよう亭主をそそのかしたのだろう。貧乏長屋の住人と夫婦との関係をこのように解釈すると、④のような結末となる。

西鶴の時代には、生活空間を共有する人どうしのコミュニケーションが、プライバシーにまで及んでいた。現代社会の常識では、まさに「おせっかい」な隣人たちである。しかし、その「おせっかい」がなければ、乳飲み子は命を失っていただろうし、ダメ亭主が女房を取り返すこともなかっただろう。

当たり前のことだが、人は「衣食住」が足りても、他人とのコミュニケーションがなければ不満を抱える。無視されるよりは、「おせっかい」をやかれるほうが幸せなのだ。

そういうコミュニティが社会からも企業からも喪失しつつあることに、私は危機感をもつ。

教訓

一、欲の世の中でも、いざというとき頼れるのは、社会や企業の隣人コミュニティである。

第六章

貧にては死なれぬもの

富貴は悪をかくし、貧は恥をあらはすなり。

裕福な者は悪事を隠すことができるが、貧乏人は恥が世間に知られてしまう。

（『西鶴織留』巻一の三）

何につけても金銀なくては世にすめる甲斐なき事は、今更いふまでもなし。

何につけても、金銀がなくてはこの世に住む甲斐のないことは、言うまでもない。

（『西鶴織留』巻一の三）

西鶴ほど、金銭に執着し翻弄された人間を的確に描いた小説家はいない。

小質屋で得たわずかな銭で年越しをする貧困層を描いた『世間胸算用』巻一の二「長刀はむかしの鞘」で、西鶴は「貧にては死なれぬものぞかし」と言っている。

これは「貧乏だと、死んでも死にきれない」という意味ではない。意訳するなら「貧乏だからといって、人間はそう簡単に死なれるものではない」ということだ。主君のために潔く死ぬことを職分とする侍とは違って、商人の命は銭より重い。

『世間胸算用』巻二の四「門柱も皆かりの世」では、執拗な掛け乞い（借金取り）を撃退するために、手の込んだ狂言自殺を仕組んだ男が登場する。会話を多用した文体を標準語に直訳するのでは原文のニュアンスが損なわれるので、会話の部分は関西弁風に現代語訳してみた。

さてこの世の中で、借金取りと出会うほど恐ろしいことは他にないのに、数年も借金を負い続けた人は、大晦日になっても、借金取りを避けて外出するようなまねはしない。

「昔から、借金して首切られたもん、おらんはずや。わしかて、持っとるもん出さんわけやない。金払いたいのはやまやまやけどな、ないもんはない。できることなら、たった今、金のぎょうさんなる木、欲しいもんや。そうは言うても、まかぬ種は生えんさかいなあ」

と、庭木の隅の、日のあたる所に古むしろを敷いて、真魚箸《まなばし》の脇に置いてあった包丁の切り刃を一心に研いでいる男がいた。

「せっかく錆《さび》落とした言うても、小鰯《ごまめ》一匹切るわけやないのやけど、人の気はわからんもんや、今にも急に腹立ってきて、自、自害……の役にでも立つかもしれんわな。わしも五六、命が惜しいわけやなし。何の因果やろか、中京《なかぎょう》の太鼓腹の金持ちども、よう若死にしとるようやが、わしの借金、さらっと払うてくれるちゅうたら、氏神稲荷大明神に誓うて、偽りなしに腹かっさばいて身代わりになったるわい」

と、そのまま狐憑きの眼になって包丁を振りまわしているところへ、嘴《くちばし》を鳴らして鶏が来た。「こいつ、死出のかどでに」と、その細首を打ち落とすと、これを見て借金取りどもは肝をつぶす。

無分別者に言葉質をとられては面倒だと、ひとりひとり帰りさまに、茶釜のさきに立ちながら、

「あんな気の短い男と所帯もってはるお内儀《かみ》さん、縁とは言うもんの、気の毒なことや」

と、口々に言い捨てて帰った。

されば世の中に、借銭乞ひに出会ふほど恐ろしきものはまたもなきに、数年負ひつけたるものは、大晦日にも出違はず。「昔が今に、借銭にて首切られたるためしもなし。あるものやらで置くではなし。やりたけれどもないものはなし。思ふままなら今の間に、銀のなる木を欲しや。さてもまかぬ種ははえぬものかな」と、庭木の片隅の、日のあたる所に古むしろを敷き、包丁・真魚箸《まなばし》の切り刃を磨ぎつけて、「せつかく渋《さび》落としてから、小鯯《ごまめ》一疋切ることにはあらねども、人の気は知れぬもの。今にも俄に腹の立つことができて、自害する用にも立つこともあるべし。我年つもつて五十六、命の惜しきことはなきに、中京の分限者の腹はれどもが因果と若死にしけるに、われらが買ひがかりさらりと済ましてくれるならば、氏神稲荷大明神も照覧あれ、偽りなしに腹かき切つて身がはりに立つ」と、そのまま狐憑きの眼して包丁取りまはす所へ、唐丸《くちばし》嘴をならして来たる。「おのれ死出のかどでに」と、細首打ち落とせば、これを見て掛乞ひども肝をつぶし、無分別者に言葉質とられてはむつかしと、ひとりひとり帰りさまに、茶釜のさきに立ちながら「あんな気の短い男に添はしやるお内儀が、縁とは申しながらいとしいことじや」と、おのおの言ひ捨てて帰りける。

（『世間胸算用』巻二の四）

ブツブツつぶやきながら包丁を研いでいた男が、「借金を肩代わりしてくれるのなら、若死にする金持ちの身代わりになって、いつでも死んでやる」と言いざま、鶏の首を切ったのだから、男を取り巻いていた借金取りの狼狽が目に浮かぶようだ。

「こら、あかん」と匙を投げた借金取りも、「あんな男と夫婦となった内儀は気の毒だ」と、これ見よがしに皮肉を言って撤退するあたりは、さすが京都の商人、しかし結局はこの男にだまされたわけである。

ところが、一人だけ狂言を見抜いた借金取りがいた。この商人は「堀川の材木屋の小者、いまだ一八、九の角前髪《すみまへがみ》、しかも弱々として女のやうなる生まれつき」（堀川の材木屋の丁稚で、一八、九になってもまだ角前髪をして、しかも弱々しい女のような体つき）と描写される。

当時、商家の丁稚は、一五歳ごろに額の前髪を角に剃った髪型（角前髪）になったのだが、この丁稚の年齢は一八、九とあるので、今で言うなら、三〇歳になっても学ランを着ているような風変わりなオッサンである。その上、見るからに弱々しげ。

しかし、外見とは裏腹の肝っ玉のすわった若者で、男と言い争ったあげく、支払いの済んでいない門口の柱を大槌で打ちはずすという非常手段に出て、恐れ入った男から貸し金を回収してしまった。

そして丁稚は、男に、次のような最新の借金取り撃退法を伝授する。

門口の柱を大槌で打ちはずそうとする借金取り（『世間胸算用』巻二の四）

金もろたからには文句ないけど、なんちゅうても、あんたはん、ゴネようが古い。えらい手間かけてはるけど、それではあきまへん。お内儀さんによう言いふくめて、大晦日の昼時分から夫婦げんか、やりなはれ。お内儀さん、着るもん替えて、

「こんな家、出ていかんとおられんわ。出ていく以上は、二、三人の人死、覚悟してるやろな。大事《おおごと》やで、あんた。どないしても出ていけ、言うんか。ほんなら立派に去《い》んで見せまひょ」

と言わはったらええ。あんたはんは、

「何とか金返して、後々、人様にほめられて死にたいもんや。『人は一代名は末代』と言うけど、せんかたない。今月今日百年目、いや……、口惜しい事や」

とかなんとか言うて、何でもええから、いらん紙、大事なもんみたいな顔つきして、一枚一枚引き裂いて捨てなはれ。そんなん見たら、どんな借金取りでも、その場におれんもんや。

銀子《ぎんす》請け取つて申し分はなけれども、いかにしてもこなたの横に出やうが古い。随分物にかかりぢやが、それではござらぬ。お内儀によくよく言ひふくめて、大晦日の昼時分から夫婦いさかひ仕出し、お内儀は着物を着替へ「この家を出て行くまいではござらぬ。出て行くからは、人死が二三人もあるが合点か、大事《だいじ》ぢやぞ、そこな人。是非いねか。いなずに、いんで見しよ」と言はるるとき、「何とぞ借銭もなして、跡々にて人にも言ひ出さるるやうに、人は一代名は末代、是非もないこと、今月今日百年目、さてさて口をしい事かな」と、何で

もいらぬ反古を、大事なもののやうな顔つきして、一枚一枚引き裂いて捨つるを見ては、いかなる掛乞ひも、しばしはゐぬものでござる。

（『世間胸算用』巻二の四）

…………

角前髪の丁稚の伝授した方法も、結局、夫婦の自害を匂わせて借金取りを撃退しているわけである。

亭主に「出て行け」と言われた内儀は「出て行くからは、人死が二三人もあるが合点か、大事ぢやぞ、そこな人」という具合に、「こうなったら子供と一緒に心中や」と借金取りを脅しているわけだし、亭主も借金証書に見せかけた反古を破いてみせる。奉行所に訴えられれば死罪もありえたから「今月今日百年目、さてさて口をしい事かな」と、自害をほのめかしたのだ。

商人が命を投げ出すと言えば、「死ね」という借金取りはいない。だからこそ借金取りを撃退できた。現代では返済が滞ると「死ね、死ね」と脅迫する違法金融がまかり通っているが、江戸時代には、当然のことながら金より命が重かった。

西鶴が「貧にては死なれぬものぞかし」と言うように、いくら貧乏だからといって死ぬことはできない。西鶴が描いた「町人物」の世界は、こういう大前提の上に成立している。

そして死なれない以上は、商人は誰だって貧乏から抜け出したい。

普通なら恵比寿神、大黒天、毘沙門天、弁財天といった神仏にでも祈願するところだが、そんなことは貧乏人なら誰でもやっている。福の神も、参詣人が多いと、誰を金持ちにするのか迷ってしまうに違いない。

というわけで、人の嫌う貧乏神を祀った桔梗屋という染物屋夫婦の話を西鶴は書いている。この話、『日本永代蔵』巻四の一「祈る印の神の折敷」に登場する貧乏神は、実にユニークである。たぶん、日本文芸に始めて登場した貧乏神だろう。

世間ではこぞって富貴の授かる神仏を祀る事が習慣となっている。自分はひとつ、みんなの嫌う貧乏神を祀ってやろうと、それらしい藁人形を作り、身に渋帷子《しぶかたびら》を着せ、頭には紙子頭巾をかぶらせ、手に破れ団扇《うちわ》を持たせた。

その見苦しい御神体を松飾りの中に安置して、元日から七日まで精一杯もてなしたところ、この貧乏神はうれしさのあまり、その夜、夫婦の枕元にゆらゆらと姿を現した。

「わしは長い年月、貧家をめぐるのを仕事にしてきた。人目にふれないようにしては、痛々しい事ばかり起こる貧家の借金の中に埋もれてきたのじゃ。悪さをする子供を叱るのにさえ『この貧乏神め』とあてこすりを言われたものだが、そうかと言って、金持ちの家では、四六時中、天秤に丁銀をかける景気のいい音が耳に響いて、癪《しゃく》の虫がおこる。朝夕の飯時に、鴨膾[*1]や杉焼き[*2]のような贅沢料理を食べても、胸がつかえて迷惑するだけじゃ。わしはもともと家の内儀に付きまとう神なのだが、内儀と一緒に奥の寝間に入っても、重ね布団・釣り夜着・パンヤの括り枕[*3]とやらの値の張る寝具が体になじまず、身がこそばゆくなる。白無垢の寝巻きに焚きこめられた香など、臭くてたまらん。

内儀と花見や芝居に行くにしても、天鵞絨窓《びろうどまど》の乗り物[*4]に揺られて目眩《めまい》がするのもいやなものだ。夜は、蠟燭の光が金襖《ふすま》に映って気分が悪くなる。

貧家の灯火の、一〇年も張り替えない行灯《あんどん》の薄暗い明かりのほうがずっといいわい。夜中に油をきらして、女房の髪の油で間に合わせる。そんな不自由な生活を見るのが、わしゃ好きで、毎年貧家で暮らしてきた。

そういうわけで、誰一人わしを祀る者もなく、うっちゃっておかれた。ひねくれた気持ちは貧から起こるというが、わしは貧家をさらに貧乏にしてやったものだ。が、この春、その方が心にかけて、わしを祀ってくれた。貧乏神のわしが、折敷《おしき》の前で物を食うとは前代未聞、今回が初めてのことじゃ。この恩は忘れはせん。その方の家に伝わってきた貧乏を、二代目長者の奢り人に譲って、その方の家はたちまち繁盛させてやろう。

それ、世渡りの手段はいろいろあるものじゃ。柳は緑、花は紅」

と、二、三度、四、五度繰り返された。これは霊験あらたかな夢のお告げだと、染物屋は目が覚めても、このお告げを忘れなかった。

＊1　鴨膾——鴨肉の膾を湯がき、煎り酒と焼き塩で調味した料理。
＊2　杉焼き——杉箱に、だし味噌を入れ、鯛や鴨肉を煮たてた料理。
＊3　パンヤの括り枕——パンヤの種子から採取される綿状の繊維を入れて、両端で括った高級枕。
＊4　天鵞絨窓の乗り物——引き戸などにビロードを張った贅沢な女性用の箱駕籠。

世はみな富貴の神仏を祭る事、人のならはせなり。我はまた、人の嫌へる貧乏神をまつら

んと、をかしげなる藁人形を作りなして、身に渋帷子《しぶかたびら》を着せ、頭に紙子頭巾をかぶらせ、手に破れ団《うちわ》を持たせ、見苦しき有様を松飾りの中になほして、元日より七種《ななくさ》まで心にある程のもてなし。この神うれしき余りに、その夜枕元にゆるぎ出で、

「我、年月貧家をめぐる役にて、身を隠し、様々かなしき宿の借銭の中に埋もれ、悪さする子供をしかるに、『貧乏神め』とあて事を言はれながら、分限なる家に、不断丁銀かける音耳に響き、癪の虫がおこれり。朝夕の鴨膾、杉焼きのいたり料理が胸につかへて迷惑。我は元来その家の内儀に付いてまはる神なれば、奥の寝間に入て、重ね布団、釣り夜着、ぱんやの括り枕に身がこそばく、白むくの寝巻きに留めらるる香りに鼻ふさぎ、花見、芝居行きに天鵞絨窓《びろうどまど》の乗物に揺られて、目舞《めまひ》心になるもいやなり。夜は蠟燭の光、金の間に映りてうたてかりき。貧なる内の灯、十年も張り替へぬ行灯のうそ暗きこそよけれ。夜半油をきらして、女房の髪の油を事欠きにさすなど、かかる不自由なる事を見るを好きにて、年々を暮らしぬ。誰とふ者もなく投げやりにせられ、我《が》は貧より起こり、なほなほ衰微させけるに、この春、その方、心にかけて貧乏神を祭られ、折敷《をしき》に居《すわ》りて物食ふ事、前代これがはじめなり。この恩賞忘れがたし。この家に伝はりし貧銭を、二代長者の奢り人に譲り、たちまちに繁昌さすべし。それ、身過ぎは色々あり。柳は緑、花は紅」

と、二三度、四五度繰り返し、あらたなる御霊夢、覚めてもこれを忘れず。

（『日本永代蔵』巻四の一）

結局、この染物屋は「花は紅」とのお告げから、明け暮れ工夫を凝らして、蘇枋《すおう》で下染めした布地を酢で蒸し返すと本紅《ほんもみ》と変わらない色に染まることを発見して大金持ちになる。

貧乏神の愚痴っぽいお告げから金持ちになったというのは、いささか奇をてらった話のようにも思える。しかし福の神ならぬ貧乏神を祀るというのは、まさに発想の転換である。

人とは違った発想をするという桔梗屋のポリシーが、染め物の工夫を生んだとも解釈できよう。

さらに、西鶴は次のように言っている。


この人は大勢の手代を抱えて万事をさばかせ、老いてからは楽しみをほしいままにして、若い時の辛労を取りかえした。これこそ人間の理想的な生き方である。たとえ銀万貫目を持っていたとしても、老後までその身を酷使し、あれこれ気を揉んで世を渡

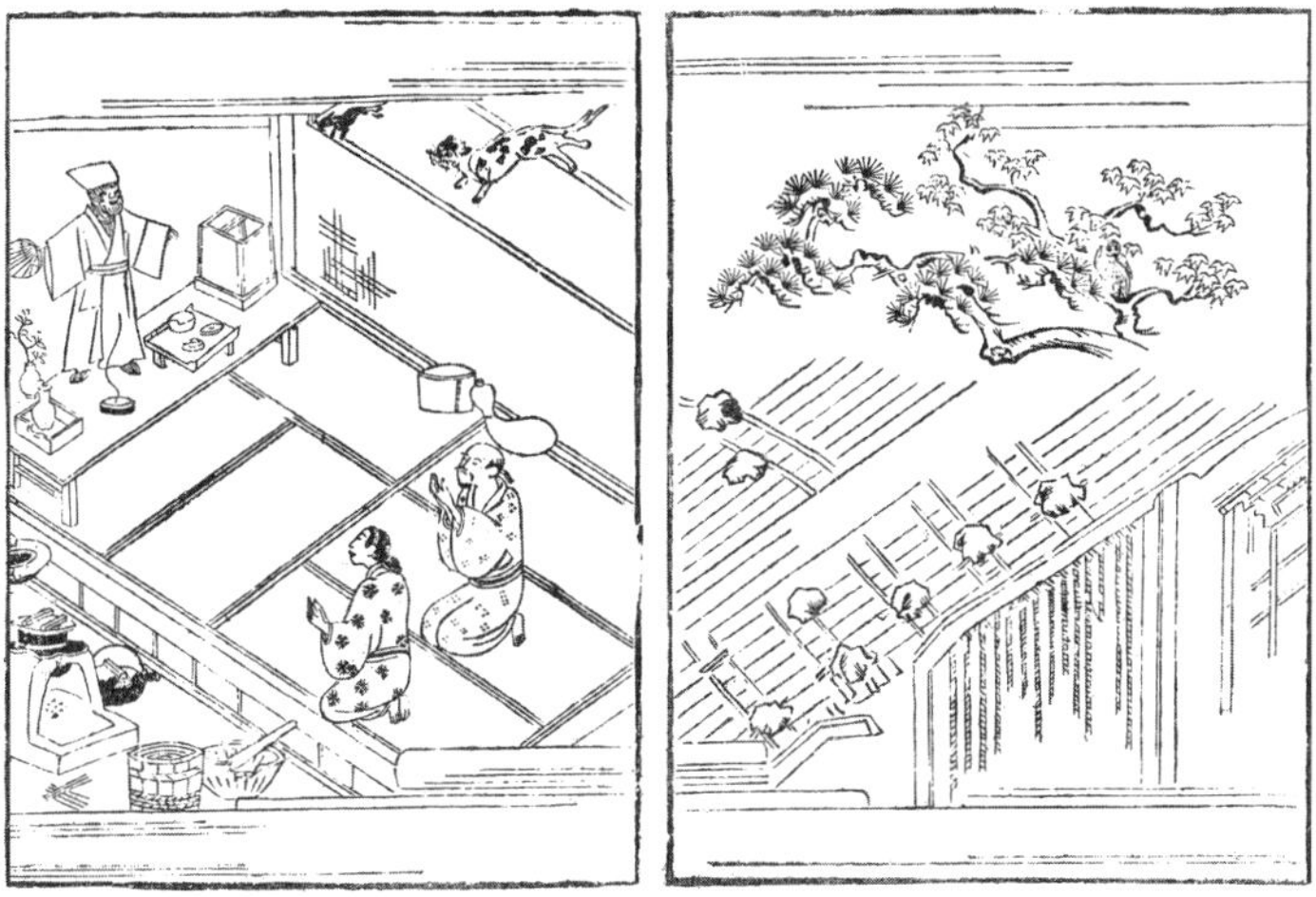

貧乏神を祀って成功した桔梗屋の夫婦（『日本永代蔵』巻四の一）

……る人は、一生は夢の世だということ知らない。金をいくら貯めても、何も益することがないだろう。

……

この人、数多の手代を置きて諸事さばかせ、その身は楽しみを極め、若い時の辛労を取りかへしぬ。これぞ人間の身のもちやうなり。たとへば万貫目持ちたればとて、老後までその身をつかひ、気をこらして世を渡る人、一生は夢の世とは知らず、何か益あらじ。

（『日本永代蔵』巻四の一）

同じような人生訓が、他の作品でも繰り返されている。

……

世の中で金銀があり余るほどあるのは、何につけてもめでたいことだけれども、おめでたいというのは、二五歳の若盛りより油断なく商売し、三五歳の男盛りに稼ぎだし、五〇歳の分別盛りには家業を揺るぎないものにして、惣領に家督を譲り、六〇歳になる前に楽隠居した人に言えることだ。寺へ参詣すれば世間の聞こえもよい年頃になったのに、仏とも法ともわきまえず、欲の世の中に住んでいるような老人もいる。死んでしまえば、銀万貫目持っていても死装束の帷子一枚持って行かれるだけで、あとの財産は、すべてこの世に残るだけである。

世に金銀の余慶あるほど、万につけて目出度きこと外になけれども、それは二十五の若盛りより油断なく、三十五の男盛りにかせぎ、五十の分別盛りに家を納め、惣領に万事を渡し、六十の前年より楽隠居して、寺道場へまゐり下向して、世間むきのよき時分なるに、仏とも法ともわきまへず、欲の世の中に住めり。死ねば万貫目持つても帷子一つより、みな浮世に残るぞかし。

（『世間胸算用』巻二の一）

人は、四〇歳より前には懸命に稼ぎ、五〇歳から楽しみをきわめて楽隠居するほど、寿命を延ばす薬は、ほかにない。

人は四十より内にては世をかせぎ、五十から楽しみ、世を隙になすほど寿命薬はほかになし。

（『西鶴織留』巻五の一）

定年（隠居）までは一生懸命働き、老後は楽しんで生きよう。年金も財産もあの世には持っていけないのだから。

現代のサラリーマンでも江戸時代の商人でも、考えることは同じである。当時の隠居は、家督を跡取りに譲っても、寺参り銀（隠居銀）は別にしていたので、老人といえども経済的には自立していた。この点も、将来はともかく、今のところはどうにか年金で、老後が生活できるサラリーマンと似ている。

隠居の楽しみは神社仏閣への参詣である。と言っても、当時の参詣は観光旅行を兼ねていたので、熟年夫婦がツアー旅行に行くのと変わらない。

蓄財と消費、勤労と娯楽とがほどよく均衡しているというのが、このころの商人の理想的生活だった。しかし西鶴は、働き盛りなのに仕事をやめてもいいとは言っていない。親から譲られた財産や、働かなくても得られる利息や家賃で遊ぶ若者に対しては辛辣である。

…………

町人にも、親が儲けた金を貯蓄した家督を遺言状で譲り受けたり、代々続いた商売をただ守るだけだったり、家賃や貸し銀の利息を計算したりして、苦労もせずに世をうかうかとおくる者がいる。まだ二〇歳前後なのに隠居して、必要のない竹杖に置頭巾、供の者に長柄の傘《からかさ》をさしかけさせて外出する。世間の評判も気にかけないで、こんな身分不相応なことをする奢り男は、たとえ自分の金銀をつかってすることだとしても、天命を知らない、けしからぬやつというものだ。

…………

町人も、親に儲け貯めさせ、譲り状にて家督請け取り、仕にせおかれし商売、または棚賃、貸し銀の利づもりして、あたら世をうかうかとおくり、二十の前後より無用の竹杖、置頭巾、長柄の傘《からかさ》さしかけさせ、世上かまはず僭上男《せんしやう》、いかにおのれが金銀つかうてすればとて、天命を知らず。

(『日本永代蔵』巻四の一)

若いときに苦労して、働き盛りに一生懸命稼ぐのは、自分のためだけではない。西鶴は、この後に続く文章で次のように述べている。

人は、一三歳まではまだ子供なので分別がないが、その歳から二四、五歳までは親の指図を受けて商売を学び、その後は自分の才覚で金を稼ぎ、四五歳までに一生困らぬように家業を確実にしておいて、それから遊楽することが、最も理想的な生き方である。

若隠居などと称して働き盛りに勤めをやめ、大勢の奉公人を解雇して他の主人に仕えさせ、自分に将来を託した奉公人を、その甲斐もなく難儀な目にあわせる。町人の出世とは、奉公人を一人前にして、その家の暖簾を多くの者に分けてやることであり、そうすることこそが、奉公人を抱えた主人のなすべきことだ。

人は十三歳まではわきまへなく、それより二十四五までは親の指図を受け、その後は我と世を稼ぎ、四十五までに一生の家をかため、遊楽することに極まれり。なんぞ若隠居とて男盛りの勤めをやめ、大勢の家来に暇《いとま》を出だし、外なる主取りをさせ、末を頼みしかひなく難儀にあはしぬ。町人の出世は、下々を取り合せ、その家をあまたに仕分くるこそ親方の道なれ。

（『日本永代蔵』巻四の一）

このように、西鶴の時代の商人は、自分だけが金持ちになればいいと思っていたわけではないのだ。奉公人を育て独立（暖簾分け）させることも大切だと考えていた。社員を労働力としてしか見ていないのではなく、いずれ起業させようと、経営者教育も同時に施したのである。

こういう商家の分家の慣習は、新田開発が行き詰まって生産量の固定してしまった米（禄）を分け合う武士階級の場合とは根本的に相違していた。侍は、家禄を長男に相続させれば、二番目以降の男子は他家へ養子に出すか、独身のまま長男に寄食する「部屋住み」にでもなるほかなかった。よほどのことがなければ分家などできなかったのだ。

市場《しじょう》は、それを開拓していこうとする起業家がいなければ拡大しない。

市場を固定して考えれば、同業者が増えることは厭われるが、市場を拡大させようとすれば、同業者の競争がむしろ必要となる。その意味で、社員を起業家として鍛える「暖簾分け」は、長いスパンでその業界の市場拡大を図った商人の知恵だったと思う。

教訓

一、人の嫌うことに着目してみると、思いがけないアイデアがうまれる。

一、働き盛りには精一杯働いて、老後は心身を労せず、楽しみを極めるのが良い。

一、奉公人（社員）は、労働力であると同時に将来の起業家である。

第七章
長者に二代なし

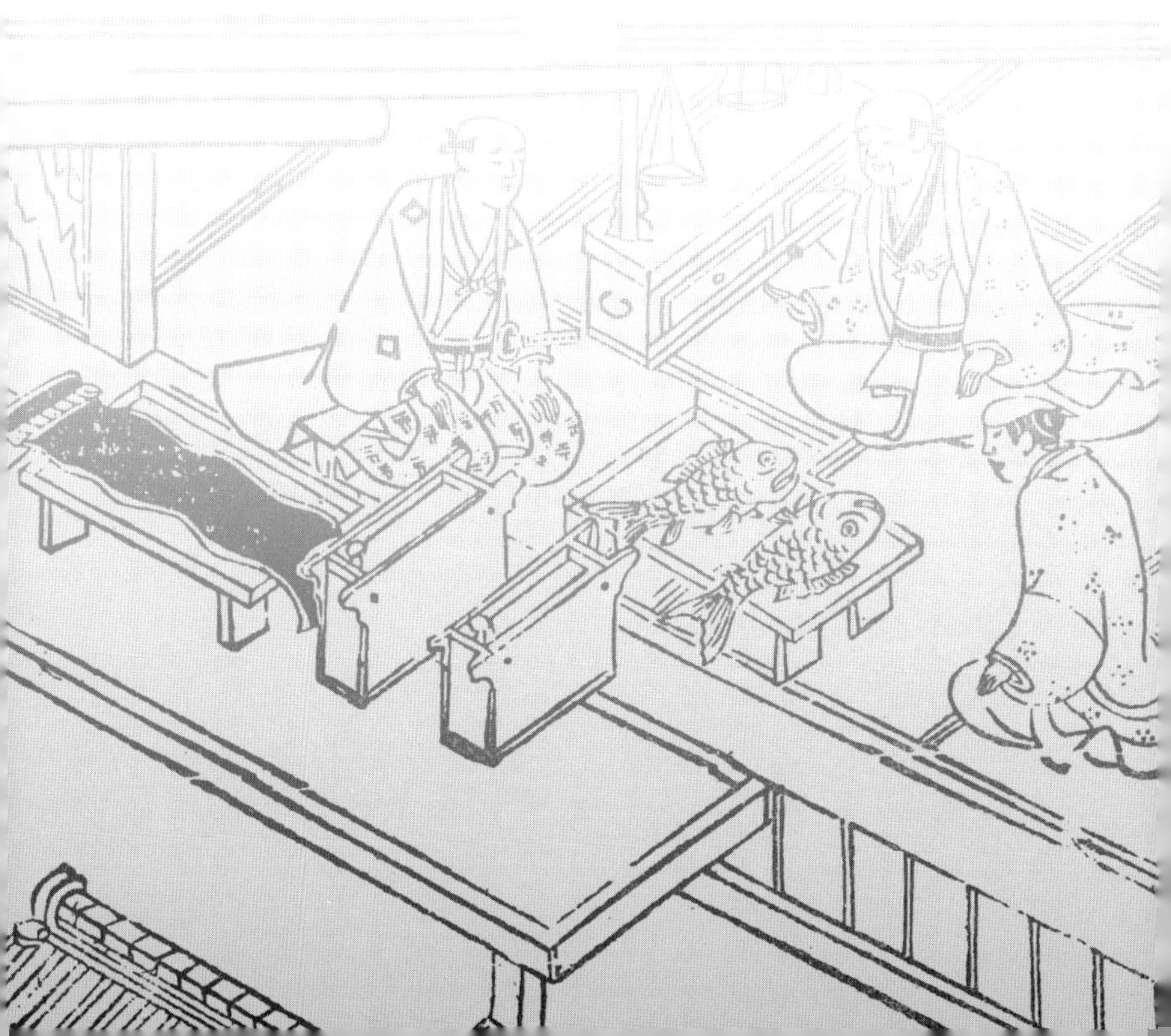

長者に二代なし、女郎買ひに三代なしと、京の利発者が名言なり。（『西鶴置土産』巻一の二）

「二代続いた金持ちはいないし、三代にわたって女郎遊びを続けられた者もいない」とは、都の賢い人の名言である。

人のかせぎは早川の水車のごとく、常住油断する事なかれ。（『日本永代蔵』巻六の四）

この世で利を得るためは、急流にかけられた水車のように働き、片時も油断してはならない。

元手がなければ利益が生じないのは商売の鉄則だ。金のない商人は、まず倹約して元手を貯め、知恵才覚を働かせて利潤を得る。そうやって築き上げた親の財産を、苦労知らずの跡取り息子が食いつぶしてしまう。

いつの時代でも、こういう話は巷にあふれている。いわば、ありふれた話材ではあるが、それが西鶴の手にかかると巧みな小説に変貌する。しかし、こういう小説から教訓を読み取ろうにも、「破産しないように、常日頃から油断するな」という常識的教訓しか読み取りようがない。読者は、教訓内容より、自分の心の隅に巣くっている享楽や怠惰への願望を、堕ちていく主人公から感じ取って、自らを戒めたのだろう。

人間は愚かである。破滅するとわかっていても快楽にのめりこむ。西鶴が『西鶴置土産』序文で「女郎買ひ、珊瑚珠の緒締めさげながら、この里やめたるは独りもなし（女郎買いをする男は、破産寸前になっても、珊瑚珠の緒締めをさげているうちは、遊廓通いをやめた者は一人もいない）」と述べているように、金を浪費する楽しさから身を引き剝がすのは並大抵ではない。

『日本永代蔵』巻一の二「二代目に破る扇の風」は、そういう人間の愚かしさを描いた名作である。

まず、親の苦労話から始まる。


徒然草に「家にありたき木は松・桜」とあるように、人の家にあったほうがいい木は梅・桜・松・楓だと言われるが、そんなものよりは、やはり金銀米銭であろう。庭の築山より美しいのは庭蔵の眺め。蔵のなかには、値が上がったら売ろうと四季折々の品を蓄えておく。これこそ天人の舞う喜見城に住む楽しみだ、と一途に思い込んでいる男がいた。

この男は、にぎやかな今の都に住みながら、四条の橋を東に渡って祇園や八坂の色茶屋には近づかず、大宮通りから丹波口の西へ出て、島原遊廓にも行こうとはしない。また寄付を取られまいと諸寺の出家を寄せつけず、たかられては大変だと浪人衆とも付き合わない。ちょっと風邪っぽかったり、虫腹が起こったりしても、自家製の薬を用いるだけで医者を呼ばない。

昼は家職を大切にして一生懸命働き、夜は外出も控えて、若い時に習っておいた小謡《こうたい》を、それも両隣に気をつかって地声で低く謡っては、自分ひとりの慰みにした。油の節約のため、灯の光で謡本を見るわけでもなく、覚えたとおりに謡うだけで、費用のかかることは何ひとつしたことがなかった。

この男は生涯、草履の鼻緒を踏み切ったこともなく、釘のかしらに袖を引っかけて破ったこともなかった。万事に気をつけ、その身一代で銀二〇〇〇貫目（約三〇億円）をせっせと貯めこんだ。年齢は八八歳、世の人々はその長寿にあやかろうと、米寿にちなんで米の升掻き[*1]を切ってもらった。

ところが人の命には限りがあるもので、この親仁《おやじ》はその年の時雨が降る時分、急病を患い頓死してしまった。枕元に残されたのは一人息子だけだったので、この息子は遺産を丸取りにして、二一歳の若さで、生まれながらの大金持ちとなった。

＊1　升掻き――升の穀物を平らにならす竹棒。

人の家に有りたきは梅・桜・松・楓、それよりは金銀米銭ぞかし。庭山にまさりて庭蔵のながめ、四季折々の買置き、これぞ喜見城の楽しみと思ひ極めて、今の都に住みながら、四条の橋を東へ渡らず、大宮通りより丹波口の西へ行かず、諸山の出家を寄せず、諸牢人に近付かず、少しの風気、虫腹には自薬を用ひて、昼は家職を大事につとめ、夜は内を出ずして、若い時ならひ置きし小謡《こうたひ》を、それも両隣をはばかりて、地声にして、我ひとりの慰みになしける。灯をうけて本見るにはあらず。覚えた通り、世の費えひとつもせざりき。この男、一生のうち、草履の鼻緒を踏み切らず、釘のかしらに袖をかけて破らず。万に気をつけて、その身一代に二千貫目しこためて、行年八十八歳、世の人あやかり物とて、升掻きをきらせける。されば限りある命、この親仁、その年の時雨降る頃、憂への雲立ちどころを待たず、頓死の枕に、残る男子一人して、この跡を丸取りにして、二十一歳より、生まれつきたる長

……者なり。　　　　（『日本永代蔵』巻一の二）

徹底した倹約で財をなし、八八歳で急死した親仁の一人息子は、遺産相続時には二一歳と書かれているので、この親仁が六七歳の時、できた子ということになる。こんな老齢で子をなすことは、平均寿命が江戸時代の倍くらい延びた今だって珍しい。当時の読者も、祖父と孫のようなこの親子を奇異に思ったにちがいない。

当時の商人は五〇歳前後になると、家督を跡取りに譲って隠居するのが一般的だった。この小説では、跡取りが幼すぎて家督を譲ろうにも譲れなかったのか、親仁は死ぬまで隠居することなく倹約一筋の現役だったようだ。

晩年の子はかわいいとよく言われる。孫みたいな一人息子がどういう育てられ方をしたのか、あるいは母親はどういう人だったのか、西鶴は一切書いていない。この点にも読者が想像力を発揮する余地がある。

……………………………

この倅《せがれ》は父親以上に倹約を第一に考えて、大勢いる親類にも箸一本さえ形見分けしなかった。初七日の法事が済むと、八日目から早々店を開けて、家業を第一にした。

その倹約ぶりは、腹がへるのがつらいと、火事見舞いにも速くは歩かないほどである。金をつかわずに済む穿鑿ばかりしているうちに、その年も暮れ、年が明けた。去年の今日が親仁の祥月命日だというので菩提寺に参詣したが、その帰り道で、昔のことを思い出しては涙にくれた。

「この碁盤縞の手織り紬《つむぎ》の着物は、丈夫で長持ちするというので親仁がずっと着ていたのに、まだ着られる着物をこの世に残して死んでしまった。それを思うと、やはり命は惜しいものだ。親仁もあと二二年生きていれば、銭で言うなら長百[*2]で、ちょうど一〇〇歳になったものを、若死になさって、大分損をされたものだ」

と、寿命まで損得づくにして考えながら帰る途中、紫野のほとりの御薬園[*3]の竹垣のもとで、連れていた年季奉公の女が、寺に寄進する斎米《ときまい》を入れていた空き袋を手に持ったまま、封じ文を一通拾いあげた。それを取ってみると、「花川さま　まゐる」と宛名があり「二三より」と裏書きして飯粒で封がされている。さらに念入りに印判を押し、その上に手紙が届くようにと「五大力ぼさつ」の文字が、墨黒々と書かれていた。

＊2　長百――通常は銭ざしに九六文つないで一〇〇文として通用するが、それを一〇〇文つなぐこと。
＊3　御薬園――京、紫野大徳寺近くにあった宮中御用の薬草園。

この世倅《せがれ》、親にまさりて始末を第一にして、あまたの親類に所務分けとて箸かたし散らさず、七日の仕あげ、八日目より蔀門口をあけて、世をわたる業を大事にかけて、腹のへるを悲しみて、火事の見舞ひにも速くは歩まず。しわひ穿鑿に年暮れて、明くれば去年のけふぞ、親仁の祥月とて旦那寺に参りて、下向になほ昔を思ひ出して、涙は袖にあまれる。「この手紬《てつむぎ》の碁盤嶋は、命知らずとて親仁の着られしが、思へば惜しき命、今二十二年生き給へば、長百なり。若死にあそばして大分損かな」と、これにまで欲先立ちて帰るに、紫野の辺り、御薬苑の竹垣のもとにして、召し連れたる年切り女、斎米《ときまい》入れし明き袋持ちし片手に、封じ文一通拾ひあげしを取りてみれば、「花川さま　まゐる」「二三より」と裏書き。そくひ付けながら、念を入れて印判おしたるうへに「五大力ぼさつ」と、そめぞめと筆を動かせける。

（『日本永代蔵』巻一の二）

親仁に輪をかけた吝嗇家《りんしょくか》である息子が、親仁の一周忌法要の帰途、手紙を拾うくだりだが、なんともおかしい。親仁は六七歳も年の違う一人息子を、甘やかすよりは徹底して倹約精神をたたき込んだようだ。息子は吝嗇家になったが、金の合理的なつかい方や人情の機微といった、人として生きていくのに必要な教育を受けなかったのか、親仁に対する愛情さえ感じられない。

大阪の商人は、金を儲ければリーズナブルに金をつかう。他人にも儲けさせることが商売には大切なことを理解しているからだ。また、東京で育った私が感心するほど「情」が細かい。人情に通じることが商売の利益につながることを、子供の頃から教育されているからだろう。

さて、息子の拾った手紙の裏に書かれた「二三」というのは「五」のことで、五兵衛や五右衛門など「五」のつく差出人の名を隠したわけである。宛名の「花川」は当然遊女。

さらに、少しそっちの事情に明るい者なら、差出人の「二三」は野暮な男だと分かる。遊女に宛てた手紙に、飯粒を糊にした「そくひ付け」はしないし、印判を押して「五大力ぼさつ」などと書いたりはしない。こういう男の相手をする遊女は、太夫・天神クラスの高級遊女であるわけはないのだ。

しかし、この息子は、父親さえ足を運んだことのなかった遊里の諸分け（遊び方や諸事情）など知るよしもなかった。

「この宛名は聞いたこともない御公家衆の御名前にちがいない」と、家に帰ってから、人に尋ねたところ「この手紙は島原遊廓の局《つぼね》女郎*4に宛てたものでしょう」と読み捨てにされた。

息子は、「なんであれ、これを拾って杉原紙の反古一枚は得をした。損にはならない事」と、心静かに手紙を開いてみると、一歩金が一つ、ころりと出てきた。「これは」と驚き、まず試金石にこすって品質を吟味する。それから天秤の上目で量って一匁二分の重さがきちんとある良貨である事を喜び、胸のわくわくするのを鎮める。「思いもよらない幸運とはこの事だ。決して世間へ言いふらしてはならない」と、奉公人に口止めする。

さて、この手紙を読んでみたところ、恋も情もそっちのけで、最初から箇条書きされている。

「時分がらの金の御無心ですけれども、我が身にかえても愛おしいお前様のことなので、春切米*5を前借りして、この金子《きんす》をお届けいたします。この内、二匁*6はいつだったか会ったときの支払いにあてて、残り一三匁はみな差し上げます。これで年々たまった借金を返済してください。

そもそも、人にはその経済力に応じてできることとできないことがあるものです。大坂屋抱えの野風殿に、西国の大金持ちが、菊の節句[*7]の諸費用にと、一歩金を三〇〇贈られたのも、私のこの一歩金も、差し上げる気持ちに変わりはありません。金があるのならば、どうして出し惜しみをいたしましょうか」

と、哀れさのにじみ出た文面である。読むほどに気の毒に思え、「どうあっても、この金子を拾ったままではおられない。考えてみると、この男の執念もそら恐ろしい。しかし金子を返そうにも、男の住所を知らない。宛先のわかっている島原遊廓に行って、花川を探して渡してやろう」と、ほつれた鬢《びん》を少しは直して家を出たものの、この一歩金をただ返すのも惜しいという思いが強くなり、五度も七度も考え直した。

ほどなく島原の大門口に着いたものの、すぐには入る事ができないで、しばらくためらっていた。揚屋から酒を取りに行く男に近づいて、

「この御門は、どなたかにお断りせずに通りましても、かまわないでしょうか」

と尋ねたところ、その男は返事もせず、顎《あご》をしゃくって教えた。

＊4　局女郎——「局」と呼ばれた小部屋で営業した下級遊女。端女郎ともいい、揚代は五匁から五分。

＊5　春切米——春二月に支給される扶持米や給金。

＊6　二匁——銀二匁。約三〇〇〇円。金一両を銀六〇匁換算にすると、金一歩は一五匁になる。

＊7　菊の節句——九月九日の紋日で、遊女に出費が強いられる。

これは聞きも及ばぬ御公家衆の御名なりと、それより宿に帰り、人に尋ねければ「これは嶋原の局上郎のかたへやるなるべし」と読み捨てけるを、これも杉原反故一枚の得、損のゆかぬ事とて、物静かにとき見しに、壱歩一つころりと出しに、これはと驚き、まづ付け石にてあらため、その後秤の上目にて壱匁弐分、りんとある事をよろこび、胸のおどりをしづめ、「思ひよらざる仕合せはこれぞかし。世間へ沙汰する事なかれ」と、下々の口を閉て、扨《さて》かの文を読みけるに、恋も情もはなれて、かしらからひとつ書きにして「時分がらの御無心なれども、身にかへてもいとほしさのまま、春切米を借り越し、つかはし参らせ候。この内弐匁はいつぞやの諸分、その残りは皆合力。年々つもりし借銭を済まし申さるべし。惣じて、人にはその分限相応のおもはく有り。大坂屋の野風殿に、西国の大臣菊の節句仕舞ひにとて、一歩三百贈られしも、我らが一角も、心入れは同じ事ぞかし。あらば何か惜しかるべし」と、哀れふくみての文章。読む程ふびん重なり、いかにしても、この金子を拾ふてはゐられじ。この存念も恐ろし。その男にかへさんとすれば、住所を知らず。先の知れたる嶋原に行きて、花川を尋ね渡さんと、少しは鬢のそそけを作りて宿を立ち出でし後、この一歩ただ返すも、思へば惜しき心ざし出て、五七度も分別かへけるが、程なく色里の門口につきて、すぐには入りかね、しばらく立ち休み、揚屋より酒取りに行く男に立ち寄り「この御門は、断りなしに通りましても苦しう御ざりませぬか」と言ひければ、かの男返事もせず、おとがひにて教へける。

（『日本永代蔵』巻一の二）

この息子は、拾った手紙から出てきた一歩金（約二万二五〇〇円）を宛先の遊女に返してやろうと、倹約第一の信条からはずれた仏心を出してしまった。それでも、「五七度（五度も七度も）」も考え直したり「鬢のそそけ」を直したりしているから、多少は動機に不純な面があったのかもしれない。しかし、それでも拾った一歩金を返そうとしたのは、男の「存念も恐ろし」という気持ちからである。そもそも、この頃の廓では金銭に執着心をもたないことが「粋」の第一条件だった。だから、最高級遊女の「太夫」は、金銀を手にすることさえ忌んだ。金が大切だという商人の日常生活の論理を廓に持ち込んでは遊びが成り立たなかったのである。

それならば、と編み笠を脱いで手に提げ、おどおどと体を中腰にかがめて、やっとのことで出口の茶屋[*8]の前を行き過ぎて、遊廓に入った。そして一文字屋抱えの今唐土[*9]が揚屋入りの道中姿でやってきたのに近寄り、「花川様と申す御方はどちらにいらっしゃいますか」と尋ねたが、唐土太夫は、傍らの遣り手のほうへ顔を向けて、「私は存じませぬ」と言うばかりである。

遣り手は青暖簾のかかった局《つぼね》のほうを指さして「どこか、あのあたりで聞いてみなされ」と言うと、後の男が目に角を立てて「その女郎を連れてこい、見てやろうかい」とけんか腰になる。

「連れてこられるのならば、御前様に居所を尋ねたりはいたしません」

と、息子は後ずさりする。

さらにあちこちと尋ねまわったあげく、とうとう宛名の女郎を探し当てた。様子を店の者に聞くと、二匁取りの端女郎である。この二、三日、気分がすぐれず引きこもっていると面倒くさそうに説明される。仕方ないので、拾った手紙を届けずに帰ることにしたが、帰りぎわになって、思いがけなくも浮気心が起こった。

もともとこの金子は自分の物ではない。一生の思い出に、この金子で今日一日遊べるだけ遊んで、老後の話の種にでもしようと心を決める。一歩金では揚屋町で遊ぶことなど思いもよらないので、茶屋を探して、藤屋彦右衛門という茶屋の二階にあがる。昼の揚代が九匁の鹿恋《かこい》女郎を呼んでもらい、呑みなれない酒にすっかり浮かれてしまった。

これが廓遊びの手習い始めとなって、遊女との恋文のやりとりに夢中になり、次第に廓遊びにのめり込んで、太夫を手当たり次第に買い出した。親から相続した金もたんまりある折、都の太鼓持ち四天王、願西・神楽・鸚鵡《おうむ》・乱酒に遊びを仕込まれて、まんまとこの道の粋人となった。後には、廓のしゃれ者の流行ファッションも、この男のまねをするほどで、扇屋の恋風様と替え名で呼ばれて金を無造作につかい棄てた。

人の運命は分からぬものだ。遊び始めて四、五年の間に、二〇〇〇貫目（約三〇億円）あった遺産を、塵も灰も残らないほど一切合切《いっさいがっさい》つかい果たし、今では火を吹く力もなく落ちぶれてしまった。残った家名に所縁の古扇を片手に「一度は栄え、一度は衰える」と、我が身の上を謡い、その日暮らしをした。この男を見るにつけ、聞くにつけ「今時は儲けにくい銀を、あんなふうにつかい果たして」と、身持ち確かに蓄財した鎌田屋の何某が、子供にこの話をして戒めたものだ。
＊8　出口の茶屋——大門脇の茶屋。
＊9　今唐土——二代目唐土、当時全盛の遊女。

さてはと、編み笠脱ぎて手に提げ、中腰にかがめて、やうやうに出口の茶屋の前を行き過ぎて女郎町に入り、一文字屋の今唐土、出掛け姿に近寄り、「花川様と申す御方は」と尋ねけるに、太夫、遣り手のかたへ顔を移して、私は存じませぬとばかり。

遣り手、青暖簾《のうれん》のかかるかたに指さして「どこぞ、そのあたりで聞き給へ」と言えば、跡なる六尺、目に角を立てて「その女郎連れておじやれ、見てやらう」と申せば「連れ参るほどなれば、御前様にお尋ねは申しませぬ」と、跡へさがりて、あなたこなたに尋ねあたり、様子を聞けば、二匁どりの端傾城《はしげいせい》なるが、この二三日、気色あしくて引きこもり居らるるよし、そこそこに語り出ければ、かの文届けず帰りさまに、思ひの外なる浮気おこりて、「元この金子我が物にあらず。一生の思ひ出に、この金子ぎりに今日一日の遊興して、老いての咄の種にも」と思ひ極め、揚屋の町は思ひもよらず、茶屋にとひ寄り、藤屋彦右衛門といへる二階にあがり、昼のうち九匁の御方を呼びてもらひ、呑みつけぬ酒に浮かれて、これより手習ふはじめ、情文《なさけぶみ》の取りやりして、次第のぼりに太夫残らず買ひ出し、時なるかな、都の末社四天王、願西・神楽・あうむ・乱酒にそだてられ、まんまとこの道に賢くなつて、後には、色作る男の仕出しも、これがまねして、扇屋の恋風様といはれて吹き揚げ、人は知れぬもの

かな、見及びて四五年このかたに、二千貫目塵も灰もなく、火吹く力もなく、家名の古扇残りて、「一度は栄え、一度は衰ふる」と、身の程を謡《うたひ》て一日暮らしにせしを、見る時、聞く時「今時はまうけにくい銀を」と、身を持ち固めし鎌田屋の何がし、子供にこれを語りぬ。

（『日本永代蔵』巻一の二）

親仁の教えを疑いもせず、倹約一筋の生活をしていた息子は、実は純情で世間知らずだったと言える。カルト集団に取り込まれる現代の若者のように、純粋過ぎて抵抗力がなかったのだ。蟻の一穴から土手が崩壊するように、些細なきっかけが破産につながった。

この話では、放蕩にのめり込んだ息子というより、晩年にできた一人息子に対する父親の教育のほうが問題だったのかもしれない。もし、この親仁が、息子に適度な廓遊びを教えていたとしたら、こんな悲劇は起こらなかっただろう。「訓育もやりすぎはったら、あきまへんな」西鶴は文章にしてはいないが、当時の読者は、たぶんこんな教訓を読み取ったことだろう。

創業者が極端な倹約家だというのは、西鶴小説の一つのパターンである。次に取り上げる『日

遊廓で手紙の落とし主、花川を探して訪ね歩く息子（『日本永代蔵』巻一の二）

本永代蔵』巻六の一「銀のなる木は門口の柊」に登場する味噌・醤油を商う醸造家の一代目も吝嗇家であった。

ここ越前の国敦賀の大湊に、年越屋の何がしという大金持ちがいた。この地に長年住んで味噌・醬油を醸造し、初めは小商人にすぎなかったが、次第に家が繁盛した。世渡りは万事に抜かりなく、この親仁が裕福になったきっかけは、次のようなことだった。

山村の家々へ毎日売る味噌を、どこの店でも小桶や俵をこしらえて、その中に入れていた。この費用が多額に及んだので、この親仁は工夫をこらして、七月盂蘭盆の精霊棚がくずされ、お供え物の桃や柿が瀬々を流れる川岸に行き、捨てられた蓮の葉を拾い集めた。その蓮の葉で一年中の小売り味噌を包んだのだ。この賢いやり方を世間で見習い、今では、味噌を蓮の葉に包まない国はない。

ほどなく大屋敷を買い求め、その庭木には花が咲いて実がなるものを植えた。生垣にも、薬用の枸杞《くこ》や五加木《うこぎ》を茂らせ、役に立たない萩は根絶やしにし、風車《かざぐるま》は実のなる十八ささげに植え替えた。同じ蔓草でも実益のある植物を好んだのだ。塩海月《しおくらげ》を入れた樽のすたり物にも食用の蓼穂を植えた。こんな具合に、この親仁は、目につくほどの事には、ひとつとして無駄なやり方をしない。

昔植えた柊《ひいらぎ》は後には大木となって、この家の目印となった。その年越屋を知らぬ人はいなかった。節分の夜には、門に飾る「鬼の目突き」に、この柊の小枝を用いた。このように一銭ずつで済むような細かい出費も、一生の間に積み重ねると多額になると考えて行動した。

一万三〇〇〇両持つまで、粗末な取葺屋根の軒の低い家に住んでいたが、惣領息子に良い嫁が見つかり、先方と婚約する時、仲人がすすめて内儀と相談のうえ、京から今流行の衣裳と絹布の巻物を買い調え、世間で笑われないほどの結納の酒樽をあつらえて、それらを背丈の揃った二五人の人足に担がせて、先方へ贈った。

親仁には、角樽一荷に塩鯛一掛、銀一枚（四三匁）を、結納の祝儀として贈ると嘘をついたのだが、親仁は、それでももったいないと言わんばかりの顔つきして「銀一枚よりは、銭三貫文にした方がかさばって見栄えがいい」とおっしゃった。これほどに世間を知らなかったけれども、ただ正直一途に、今六十余歳になるまで暮らしてきた。


ここに、越前の国敦賀の大湊に、年越屋の何がしとて有徳人、所に久しく住みなれて、味噌・醤油を造り、はじめはわづかなる商人なるが、次第に家栄えける。世の万《よろづ》に賢く、分限になるそもそもは、山家へ毎日売りぬる味噌を、いづれにても小桶、俵を拵へ、この費え限りなし。時にこの親仁、工夫仕出して、七月玉祭りの棚をくづして、桃柿、瀬々を流るる川岸に行きて、捨《すた》れる蓮の葉を拾ひ集め、一年中の小売り味噌を包めり。この利発世上に見習ひ、これに包まぬ国もなし。

程なく大屋敷を買ひ求め、その庭木にも花咲き実をながめ、生垣も枸杞《くこ》、五加木《うこぎ》を茂らせ、萩は根引きに、風車は十八ささげに植ゑ替へ、同じ蔓にも取得のある物を好めり。海月桶《くらげをけ》のすたるにも蓼穂を植ゑ、目にかかる程の事、ひとつも愚かなる仕業なし。むかし植ゑたる柊、後には大木となつて、その家の目印となる、年越屋を知らぬ人なし。節分の夜も、「鬼の目つこ」はこれを用ひ、一銭づつの事も一代を考へ、一万三千両持つまで取葺屋根の軒の低さに住みしが、惣領に幸ひの嫁ありて約束するに、中立ちの人すすめて内儀とうなづきあひて、京より今風の衣裳、巻物を調へ、世間に笑はぬ程の頼み樽、二十五人肩を揃へておくりける。親仁には、角樽一荷に塩鯛一掛、銀一枚、云ひ入れの祝儀贈ると見せけるに、大儀なる顔つきして「銀一枚よりは、かさ高にして見よきに銭三貫」と申されし。これ程に世間を知らねども、ただ正直にして、今六十余歳まで暮されける。

（『日本永代蔵』巻六の一）

主人公の年越屋は、味噌を小売りする小桶や、味噌玉を詰める俵を、盂蘭盆に捨てられる蓮の葉に替えて、コストダウンした。いわば「もったいない」の精神で、一万三〇〇〇両（一一億七〇〇〇万円）の資産家となったのだ。

しかし、買い求めた大屋敷は軒の低い、板葺き屋根の粗末な家で、植えた庭木や生け垣も、みな実用性のあるものばかり。金持ちになってもまだ「もったいない」精神は健在である。

その跡取り息子が結婚するというので、結納品を揃えた。一万三〇〇〇両の財産を考えれば、仲人と母親とが相談して決めた結納は、それほど贅沢というわけではなく、家格にふさわしいぐらいなのだが。注意したいのは、家族が「世間」を知らない親仁に嘘をついていることである。

「銀一枚」というのは銀貨四三匁のことで、両替屋が秤量をはかって封をする。日用ではなく、主に贈答品として流通した。この親仁は、それを銭にしたほうが見栄えがいいと言っているが、銭は日常生活でしかつかわれない通貨だから、結納にはふさわしくない。それほど世間の常識を欠いているというので、家族が親仁をだましたのだろう。

ある程度家計に余裕ができると、世間体が気になる。これは、必ずしも悪いことではない。

こんな倹約な家から豪華な結納を贈ったのが贅沢の始まりだった。今度は、表店の改築を総領息子が望んだが、子供の言う事になかなか親仁が納得しない。親しくしている町衆やら、同じ宗旨の信者仲間やら、旦那寺の御住職にまで頼みまわり、やっと願いがかなって改築工事に取りかかることとなった。

このあたりではひときわ目立つほど棟を高く作り、息子の思い通りに改築して、以前とは見違えるほど立派な店構えとなった。毎日洗い立て、磨き立てて、店はピカピカとなったけれども、近在の山村の柴売りや百姓の出入りが絶え、商売が急に成り行かなくなってしまった。

仕込んだ味噌の捨て所もないし、売れ残った醬油を流す川もない。店から多くの売り手をやって訪問販売し、味噌・醬油も昔に変わらない風味を出したが、人がみな悪しざまに言うので、これも売れなくなった。仕方なく商売を替えてみたが、やりなれない事はあぶないもので、年々だいぶん金銀を減らすことになった。商品の買い置きをすれば値が下がって損をし、鉱山開発に投資すれば損をする、という具合に、ほどなく家だけ残るばかりになってしまった。

「この家屋敷を、たった銀三五貫目で、人の物にしてしまうのか」

親仁が嘆かれると、息子が言うには、

「店の景気が良かった時に、改築をしておいたので、今度売るのに高値がついたのです」

と、こんな時に役にも立たない自慢をした。親仁が四〇年間苦労して稼いだ財産を、総領息子は、たった六年ですべてつかい果たした。

さても金銀は儲けにくく減りやすいものだ。朝夕算盤を置いて、決して損得勘定に油断してはならない。

「そもそも店構えの善し悪しについて言うならば、鮫皮、書物、香具、絹布などの贅沢品や装飾品を商う店は、商品の飾り付けなどゆったりしている方が良いものだし、質屋や食物商いの店は、小さい店構えで取り繕わないほうが良いものだ。また長年商売をして客の出入りが多い商家は、店を改築してはいけない」

これは、見識ある金持ちの言葉である。

この家より頼みを奢りのはじめとして、このたび表屋づくりの普請を望めど、子供のいふ事、なかなか親仁合点せざるを、念比《ねんごろ》なる町衆を頼み、または二世までの同行衆、寺の長老様まで頼みまはり、やうやう願ひ叶ひ、作事に取りつき、所にては天晴れ棟高く思ひのままに作り立て、以前に格別かはりて、毎日洗ひ琢きに光りわたり、近在山家の柴売り、百姓の

出入り絶えて、商売俄にやみて、作り込みし味噌の捨て所なく、醤油ながす川もなく、手前よりあまたの売り手をこしらへ、昔変わらぬ風味を出だせど、人みな悪しくいひなし、これも売りとまれば、自づから商売かへて、しつけぬ事はあやうく、年々大分金銀減らして、買置きすれば下りを請け、金山の損銀、ほどなく家ばかりになりぬ。「この家屋敷、やうやう三十五貫目に人の物にする事」親仁嘆き給へば、倅子《せがれ》言ふやうは「時節のよき折から家普請をして置いたればこそ、このたび売るに仕合せ」と、これに無用の自慢なり。親仁稼ぎいだして四十年の分限、男子《むすこ》六年にみなになしぬ。

されば、金銀は儲けがたくて減りやすし。朝夕十露盤《そろばん》に油断する事なかれ。「惣じて見世付きのよしあし、鮫、書物、香具、絹布、かやうの花車商ひは、かざりの手広きがよし。質屋のかまへ、食物の商売は、小さき内の自堕落なるがよしといへり。久しく仕なれ、人の出入りしつけたる商人の家普請する事なかれ」と、徳ある長者の言葉なり。

（『日本永代蔵』巻六の一）

一般的に言えば、財産相応の結納をしたり、店構えを立派にしたりするのは浪費ではない。廓遊びの果てに破産するのとは違うのである。たぶん、この跡取りは、昔ながらの商売にこだわっているばかりで外聞の悪い生活を続ける親仁が歯がゆかったにちがいない。

親仁に嘘をついて豪華な結納をした内儀と仲人、それに、息子に頼まれたとはいえ店の改築を勧めた町衆や信者仲間や旦那寺の住職も、息子に荷担した共犯者である。世間の人々からは、親仁のほうが変人だと思われていたのだ。

　ところが、顧客を無視した店の改築が裏目に出た。愚直なほど保守的で正直な親仁の経営方針が、実は商売の要だったのだ。

　この跡取り息子は無能ではなく、むしろ才覚に富んだ商人だったとも読める。なぜなら、売れなくなった味噌・醤油を訪問販売したり昔ながらの品質を保ったりして、本業を続ける努力をしているからだ。しかし、本業に破綻したあげく商売替えをしては失敗し、買い置きや鉱山投資といった投機的事業にも手をだして失敗してしまった。今風に言うなら、蓄積された資本の運用に失敗したのだ。

　息子の経営方針のどこに問題があったのか。

　私は、うまくいっている本業に慢心し、経営に対する感性を失ったことだと思う。家を人手に渡すことを嘆く親仁に、「改築しておいたから家が高く売れる」と言い放つ息子の屁理屈も、この男の

年越屋にて、塩鯛、昆布などの豪華な結納を準備している（『日本永代蔵』巻六の一）

感性の欠如をうかがわせる。

　ここ二〇年、バブル期に多角経営に乗り出したのが裏目に出て、破綻した企業も多い。愚直なほど本業にこだわった企業が「勝ち組」になったことは、まだ記憶に新しい。

　第三章で取り上げた『日本永代蔵』巻一の四「昔は掛け算今は当座銀」の三井九郎右衛門のように、経営者が新しい発想から事業を展開することは、不況下であっても企業の発展につながる。一方では、この話の親仁のように、好況下でも本業にこだわる保守性が必要な場合もある。

　四六時中、改革・保守の経営方針の匙加減というか、そういう判断を強いられる経営者の精神的負担は大きいにちがいない。

　私の知っている、ある上場企業の創業者は、人間的にも立派で、的確な経営方針にも定評のある方だったが、将来をよく見通すとかいう評判の尼僧の熱心な信者だった。私も紹介されてその尼さんに会ったことがあるが、まあ、かなり胡散臭かった。

　判断ミスによって何千人もの従業員の生活を左右してしまう経営者の苦悩というのは、人知を超えた力に頼りたくなるぐらい凄まじいものなのだろう。が、最後のよりどころになるのは、結局自分の「感性」しかないのではないだろうか。

　年越屋の親仁が、跡取り息子をはじめ家族や世間の「常識」を拒み続けたのは、その感性ゆえだと思う。店の改築という最後のところで、己の感性に反してしまった親仁の悲劇は、現代でも常に起こりうる。

教訓

一、過度の教育は、後継者をダメにする。

一、正直で保守的な経営が必要なこともある。

一、経営者は、孤立のなかで、自己の感性を信じなければならない。

第八章

富貴は悪を隠す

…………

富貴は悪をかくし、貧は恥をあらはすなり。

金持ちは悪事を隠すことができるが、貧乏人は恥がすぐに世間に知られてしまう。

（『西鶴織留』巻一の三）

…………

分限は、才覚に仕合手伝はでは成りがたし。

金持ちになるには、知恵才覚に加えるに、幸運に恵まれなくてはならない。

（『日本永代蔵』巻三の四）

…………………………

人をぬく事は跡つづかず、正直なれば神明も頭に宿り、貞廉なれば仏陀も心を照らす。

人をだましたとしても後が続かない。正直であれば神も頭《こうべ》に宿り、清廉潔白ならば仏も心を照らすものだ。

（『日本永代蔵』巻四の二）

金持ちになるには、才能ばかりではなくチャンスが必要である。そのチャンスが悪事と紙一重の場合だってある。「勝てば官軍」ではないが、いったん裕福になってしまえば、その悪事が露見しない場合も多い。これが貧乏人だと話が違う。スーパーでパン一個万引きしても後ろ指を差される。今も昔も、貧富の差には不条理がある。

金持ちになるような人は、一身を賭けて悪事に走る確信犯だから、みみっちい万引きなどはしない。もちろん、私はそういう生き方を肯定しているわけではないが、それぐらいしないと金持ちにはなれないという現実が、江戸時代にもあった。

一方では、貧しくとも心安らかに暮らしたいと願う人々もいた。

西鶴の遺作『西鶴織留』巻二の四「塩うりの楽すけ」には、貧しいが正直に生きた老人が描かれている。この話は、六〇過ぎの貧しい塩売りが、一二〇両入った財布を拾い、礼金も受け取らず、その財布を正直に落とし主に返したという話なのだが、この塩売りを見かけた名医が、あたふたと家に逃げ込んだ。

「あの方は、今の世の聖人だ。聖人に足駄を履いたままお会いするのも恐れ多い。しかし面識があるというわけでもないから、下駄をぬぐほどのこともない。こういう時にはお目にかからぬほうがよい」と、名医がおっしゃるので「あのような者を聖人と言うのは、どうしてですか」と尋ねると「そんなことが分からないのか。今の世、金子《きんす》を拾って返す事など、そもそも広い洛中洛外を探してもあることではない。これほどの聖人は、唐土《もろこし》でも見たことがない」とおっしゃられたので、誰もが「尤《もっと》もだ」と納得して、この塩売りを畏《おそ》れうやまったということである。

「あれは今の世の聖人なり。聖人に足駄はきながら対面するもおそれあり。またちかづきならねば、下駄ぬぐまでもなし。とかく御目にかからぬがよい」と申さるる程に「あの者を聖人とはいかなる事ぞ」といへば「それを知らずや。今の世、金子を拾ふて返す事が、そもそも広い洛中洛外にまたあるまじ。是ほどの聖人、唐土《もろこし》も見ぬ事」と仰せられけるほどに、

……いづれも「尤《もつと》も」と合点して、この塩売りにおそれはべるとなり。（『西鶴織留』巻二の四）

西鶴は、「拾った金を返す者などいない」という世相を、ユーモラスに皮肉っているが、「塩売りの楽すけ」のような正直者に共感する読者も多かったことだろう。

高齢者をねらった電話詐欺の被害額が相変わらず大きいことを考えると、日本人のモラルも堕ちたものだと思う。しかし外国と比べて、日本では落とし物が戻ってくる率が高い。これは誇っていいことである。楽すけのような聖人が、現代日本の巷《ちまた》にはまだまだ大勢いるのだ。

この楽すけの暮らしぶりを、西鶴は次のように描いた。

男は毎日京に行っては塩の量り売りをして、やっとその日暮らしをしていた。明日の暮らし向きには少しも頓着しない。家に帰れば、来栖野小野[*1]の萩柴を折りくべて、山科の里芋を茶うけに、勧修寺[*2]の煎じ茶を飲むのを、なによりの楽しみにしていた。羽振りのよい人の贅沢をうらやむこともなく、ただ年中を夢のように暮らした。正月に餅はつかないし、盆になっても塩鯖[*3]を膳に置かない。九月の節句が近づいても、栗・菊酒[*4]の用意もしない。取り集めなければならない掛け売り代金もなく、払わなければならない借金もない。さても身軽な身持ちである。傍《はた》から見ると生活が苦しそうだが、実際は気楽な暮らしぶりで、外見とはまったく違う。

＊1　来栖野小野——歌枕。京都市山科区栗栖野、同小野。

＊2　勧修寺――京都市山科区勧修寺。室町時代から茶葉を生産した。
＊3　塩鯖――盆に、塩鯖二枚を串に刺した「さし鯖」を贈った。
＊4　栗・菊酒――重陽の節句に、蒸し栗を食べ、菊花を浸した酒を飲んだ。

男は毎日京に行きて、計り塩を商売して、やうやうけふを暮らし、明日の身の上をかまはず。宿に帰れば、来栖野小野の萩柴を折りくべて、山科の里芋に勧修寺のせんじ茶して、楽しみ是に極めて、世にある人の栄花もうらやむ事なく、ただ年中を夢のごとく、正月に餅つかず、盆に鯖もすわらず、九月の節句近づけども、栗・菊酒の用意もせず、取り集める掛け銀もなく、人に済ますする借銭もあらず。扨《さて》もかろき身体、ほかより見ての苦しみ、内証の楽介、格別ぞかし。

（『西鶴織留』巻二の四）

我欲を捨てたスロー・ライフ。最近、若い世代で流行っている、低収入でも無理せずに生活しようという生き方だ。こういう「貧楽《ひんらく》」を尊ぶ考え方は昔からあったけれど、現実には、楽すけのような聖人になれない人が圧倒的に多い。

ごく単純に考えれば、金を儲けることは、その分損をした人がいるということである。違法すれすれのブラックゾーンで金を儲けたあと、つまりは他人に損失をもたらしたあとにこそ、その人間の真価が問われる。

西鶴は、そういうケースを素材にした小説も書いている。『日本永代蔵』巻三の三「世はぬき取りの観音の眼」と巻四の二「心を畳み込む古筆屏風」である。まず、前者から見ていく。

（伏見の）町はずれに菊屋の善蔵という小質屋がいた。内蔵さえ持たないで、車のついた長持ひとつを、物置にも蔵にも使い、これ一つを頼みに商売をしていた。質屋商売のこつを心得ていて、銀二〇〇匁（約三〇〇万円）にも満たない元銀を、上手に回転させて利益を得、八人家族をどうにか養っていた。

こんな店に質入れする人々を見ていると、なんとも気の毒な事がかずかずある。降りだした雨に濡れながら、古傘《ふるからかさ》一本を質に置いて銀六分（約九〇〇〇円）借りて行く者もいれば、朝飯を炊いたまま、まだ洗ってもいない羽釜《はがま》*5を提げてきて、銭一〇〇文（約二二五〇円）を借りて行く者もいる。

秋八月になってもまだ夏の帷子《かたびら》を着ている女房が、うす汚れた二幅《ゆぐ》（腰巻）一枚を質草に、銀三分（約四五〇〇円）借りて、体が透けて見えてしまうのにもかまわない。

また八〇歳ばかりの、腰のかがんだ婆々《ばば》は、今年まで生きられるかどうか分からない身の上なのに、今日一日が暮らしがたく、両手のない仏一体、さかな鉢一つ持ってきて、四八文（約一〇八〇円）借りて、仮の世を生き延びた。

また一二、三の娘が、六つ七つの年頃の小坊主と、長い昇梯子《のぼりはしご》の後先を持ってよたよた運んできて、銭三〇文（約六七五円）借りた。そのますぐに片店*6で、玄米五合と薪の束を買って帰った。

さても、あわただしい暮らしぶりである。少しの間見ているだけでも身につまされて涙がこぼれた。小質屋の亭主は、なまじっか気が弱くてはできない商売だ。これほどいやな商売はない。こんな小質屋でも、保証人と印判を吟味する点では他の質屋と変わる事なく、規則通り念入りに調べていた。一〇〇〇貫目（約一五億円）借りるにも判ひとつで済むのに、わずかな金額でも、念には念をいれて貸し付けるものだと思われた。

＊5　羽釜――鍔（羽）のついた飯炊き釜。

＊6　片店――同じ軒先で副業として営まれている店

（伏見の）町はづれに菊屋の善蔵といへる質屋ありしが、内蔵さへ持たず、車のかかりし長持ひとつ、物置にも蔵にも、これを頼みにして、この道を知るとて、二百目にたらぬ元銀にて先繰りに利を得て、八人口を大方にして渡世しける。この家に質置き、さりとてはかなしき事かずかずなり。降りかかる雨にぬれて古傘《ふるからかさ》一本六分借りて行けば、朝飯焼き捨てし跡、まだ洗ひもやらぬ羽釜《はがま》さげきて、銭百文借り行くもあり。八月にも帷子《かたびら》着たる女房が、うす汚れたる二幅《ゆぐ》ひとつに三分借りて、身の見えすくをもかまはず行く。また八十ばかりの腰かがみ婆々《ばば》、能う生きてから今年も知れぬ身をして、一日もかなしく、両手のない仏一体、さかな鉢ひとつ持ちてきて、四十八文かりの世や。また十二三の娘、六つ七つの小坊主と昇《のぼり》階子《はしご》ながきを跡向《あとさき》やうやうにかたげてきて、銭三十文借りて、すぐに片見世にある黒米五合、手束木《たばねぎ》買うて帰る。さてもいそがしき内証、しばし見るさへ身に応《こた》へて泪《なみだ》出しに、亭主はな

かなか心弱くてはならぬ商売、これ程いやな事はなし。これにも請け人・印判吟味かはる事なく、掟の通り大事に掛けける。千貫目借るにも判ひとつと、わづかなる事に念入るを思はれける。

（『日本永代蔵』巻三の二）

今の若い人は、質屋というとブランド品を買い取る店だと思っているかもしれない。もともとは、持ち込まれた品物（質種・質草）を担保にした金融で、質札と借りた金を戻せば、質入れされた品物が返還された。いつまでも返金しないと、質草が流れて（売られて）しまう。

したがって、とりあえず不要な物を質入れし、必要になったら請け出すというのが、上手な質屋の利用法だった。私が先輩から聞いた話では、大学近くの質屋では、試験前になると、質入れした英和辞典を請け出す学生が多かったそうだ。

なかには、学生証を質に入れる猛者《もさ》もいたという。こちらは、英和辞典を質入れする学生より、よっぽど切羽詰まった生活を強いられていたのだろう。普通は学生証など質草にはならないから、質屋さんも同情したのではないかと思う。

『世間胸算用』巻一の二「長刀はむかしの鞘」でも、貧乏人相手の小質屋が描かれている。この話では、質草を羅列して、貧乏人の逼迫した生活を暗示する手法が用いられた。

この長屋住まいの六、七軒は、どうやって年を越すのかと思っていたところ、みな質種の心当てがあるので、少しも世を嘆いている様子がない。普段の暮らしぶりは、家賃は月末に支払ってしまうし、そのほか、さまざまな世帯道具、あるいは米・味噌・薪・酢・醤油・塩・油などの必需品も、掛け売りなどしてもらえないから、万事現金払いでその日を送る。したがって節季節季に売掛け帳をさげて、黙って家に入り込むような者は一人もいない。借金を恐れて詫び言をする相手もいないから、「楽しみは貧賤にあり」*7といった古人の言葉がここでは生きているようだ。

　請求書を受けて支払いを済まさないのは、世にまぎれて住んでいる図々しい昼盗人と同じである。これを思うと、人はみな一年単位の大雑把な見積もりばかりしていて、毎月の銭勘定を心積もりしないから、その年の収支決算が合わなくなってしまうのだ。それに比べて、長屋の住人のその日暮らしの身の上は、たかの知れた貧乏世帯なので、小づかい帳一つ付ける必要もないのである。

　そんなわけで、貧乏長屋の住人は大晦日の暮れ方まで普段通りの生活をしていた。正月の準備はどうやって済ませているのかと思っていたが、それぞれが質を置く覚悟があって、身のまわりの整理を始めた。考えてみれば、哀れなことだ。

　一軒からは、古びた唐傘一本に綿繰り*8一つ、それに茶釜一つ、かれこれこの三品の質草で、銀一匁（約一五〇〇円）借りて、正月の準備を済ませた。またその隣の家では、嬶《かか》の普段帯を観世紙縒《かんぜごより》*9に替えて、その帯一筋、男の木綿頭巾一つ、蓋なしの小重箱一組、七ツ半《なから》の筬《おさ》*10一丁、五合枡一合枡二つ、湊焼き*11の石皿五枚、釣り御前*12に仏の道具を添えて、なんやかんやがらくたを取り集めた二三品の質草で、一匁六分（約二四〇〇円）借りて年を越した。その東隣には舞々[13]が住んでいたが、元日から大黒舞[14]に商売を替えるので、五文（約一一二円）の大黒天の面と張貫《はりぬき》の槌一つで、正月中は銭を稼ぐ。だから、舞々に使う烏帽子・直垂《ひたたれ》・大口袴は、しばらく不要な品だと、これらを二匁七分（約四〇五〇円）の質に置いて、ゆったりと年を越した。

＊7　楽しみは貧賤にあり――諺に「楽しみは貧家に多し」と言う。
＊8　綿繰り――綿花の種を取る器具。
＊9　観世紙縒――紙縒りをより合わせた紐。帯の代用にした。
＊10　七ツ半の筬――四〇〇〇本の糸を通す筬（織機の部品）。
＊11　湊焼き――和泉国湊村（現在、堺市）産の安値の陶器。
＊12　釣り御前――壁にかける仏壇。
＊13　舞々――幸若舞を舞う門付け芸人。
＊14　大黒舞――大黒天に扮して正月に家々をまわる芸人。

この相借屋六七軒、何として年を取る事ぞと思ひしに、みな質種の心当てあれば、すこしも世をなげく風情なし。常住《じやうぢゆう》身の取置き、屋賃その晦日切にすます。その外に万の世帯道具、あるひは米・味噌・焼木《たきぎ》・酢・醤油・塩・油までも借す人なければ、万事当座買にして朝夕を送れば、節季節季に帳さげて、案内なしにうちへ入るもの一人もなく、誰に恐れて詫言をするかたもなく、楽しみは貧賤にありと、古人の詞反古にならず。書出し請けて済まさぬは、世にまぎれて住みける昼盗人に同じ。これを思ふに、人みな年中の高ぐくりばかりして、毎月の胸算用せぬによつて、つばめのあはぬ事ぞかし。その日過ぎの身は知れたる世帯なれば、小遣ひ帳ひとつ付けるまでもない事なり。さる程に、大晦日の暮れ方まで不断の体にて、正月の事ども何として埒明くる事ぞと思ひしに、それぞれに質を置きける覚悟ありて、身仕廻ひするこそ哀れなれ。

一軒からは、古き傘《からかさ》一本に綿繰り一つ、茶釜一つ、かれこれ三色にて、銀一匁借りて事済ましける。又その隣には、嬶《かか》が不断帯、観世紙縒《くわんぜごより》に仕替へて一筋、男の木綿頭巾一つ、蓋なしの小重箱一組、七ッ半《なから》の筬《をさ》一丁、五合枡一合枡二つ、湊焼きの石皿五枚、釣り御前に仏の道具添へて、取り集めて二十三色にて、一匁六分借りて年を取りける。その東隣には舞々住みけるが、元日より大黒舞に商売を替へければ、五文の面、張貫《はりぬき》の槌一つにて、正月中は口過ぎすれば、この烏帽子・ひたたれ・大口はいらぬ物とて、二匁七分の質に置きて、ゆるりと年を越しける。

（『世間胸算用』巻一の二）

当時の商習慣である掛け売買は、現代のカード決済のようなもので、計画性がないと破綻する。カードで買い物をしまくって、あとで真っ青になる主婦みたいな商人に、西鶴は警鐘を鳴らしている。その掛け売買さえ認められない貧乏人。しかし、そのつど現金払いしているから、借金取りを怖がらなくてもいいわけだ。その上、年越し費用は、もっぱら質屋のお世話になる。役にも立たないがらくたを二三品かき集めて借金をする者もいれば、とりあえず必要のない商売道具を質入れする者もいる。

西鶴の昔からつい最近まで、質屋は庶民の味方だったのだ。

ついでに昔話。

学生証を質に入れるほどではなかったが、私の学生時代も、みな貧しかった。先に引用した『日本永代蔵』の文章に登場する、薄汚い二幅（腰巻）を質に入れた帷子（浴衣）姿の女房みたいに、晴れていても雨が降っても、一年中同じレインコートを着ている学生がいた。

ヒッピーが流行った時代なので、一様に学生は汚かったけれど、肩まで延びた長髪で、なぜか夏の暑い日でもレインコートを羽織っているその姿は、Gパン・Tシャツ姿の普通の学生を圧倒していた。レインコートの中を見た者はいなかったが、ズボンにランニングシャツだけだという噂もあった。

「空気を読む」最近の風潮と違って、昔は、存在自体が人を弾きとばすような、迫力ある学生のほうが畏敬されたから、レインコート学生も恥ずかしがっているわけではなく、むしろ威張っていた。

今思うと、たぶん金がない、それだけの理由で、レインコートを四六時中着ていたのだろう。今は貧しくても、将来俺は大物になるという旺盛な自負心が、彼を支えていたにちがいない。こういう自負心をもてるかどうかは個人の問題ではあるが、時代の雰囲気にも左右される。

階層の流動性、つまり貧／富の境界を人が越えられるという意識が社会にあるかどうかで、その社会が成長を遂げるか否かが予想できる。レインコート学生が、今なにをしているか知らないが、この間日本は発展を遂げた。

昔に比べて日本人ははるかに豊かになった。しかし昔と違うのは、階層の流動性が希薄になったことである。貧しい者は貧しいままだという時代の閉塞感を崩すことが、今の日本には必要ではないだろうか。

『日本永代蔵』の質屋の話に戻る。

利息というものは積もれば大分の額となる。この菊屋は、四、五年の間に銀二貫目（約三〇〇万円）ほど儲けた。それでもなお欲深く、人に情をかけない。すぐ近くの高泉和尚《こうせんおしょう》の寺[*15]にお参りしないし、祭りの時に五香の宮[*16]にも参詣しない。

神仏への願掛けなど一向に思い出したことがないこの男が、遠い初瀬の観音[*17]を信心し始めて、急に熱心に通いだした。人の気持ちもあのように変わるものかと、世間でたいそう評判となった。

この初瀬寺の御開帳は、七日間で大判金一枚（金七両二分・約六七万五〇〇〇円）喜捨すると昔から決まっていたのだが、菊屋は、銀二貫目（約金三三両・約三〇〇万円）の財産で、三度まで開帳した。本願坊[*18]はじめ寺中の僧が菊屋の名を聞き伝えて、「この上もない見事な後生願いだ。今までに三度まで一人で開帳した例はない」と言い合った。

ある時、気をつけて戸帳を見ると、もったいなくも、唐織一反ずつ一〇反縫い合わせた戸帳を、長竿で乱暴に上げ下ろしたために、半分はことのほか破損していて見苦しかった。

「私はたびたび開帳しましたが、戸帳がこのように切れ損じているので残念に思っておりました。寄進して新しく掛けかえましょう」

と、菊屋が申し出た。

僧はみなこの申し出を喜んだ。菊屋は、都から金襴《きんらん》を取り寄せて戸帳を新調した。そのあと、菊屋は「この古い戸帳をいただいて、京の三十三所の観音様へ掛けさせていただきたい」と申し出た。寺では「たやすいこと」と、古い戸帳を与えたので、菊屋は残らず取って帰った。

＊15　高泉和尚の寺——京都市伏見区深草大亀谷古御香町、仏国寺。
＊16　五香の宮——京都市伏見区御香宮門前町、御香宮。九月九日の祭礼には伏見の人々が参詣した。
＊17　初瀬の観音——奈良県桜井市初瀬、長谷寺十一面観音。
＊18　本願坊——供養、寄進の取り次ぎをした宿坊。

利といふ物つもれば大分なり。この菊屋、四五年に銀二貫目あまり仕出し、なほひすらく人に情をしらず、足もとなる高泉《かうせん》和尚《をしやう》の寺にまゐらず、祭にも五香の宮に参詣せず、神仏の願ひ、いかないかな思ひ出しもせざる男、遠い初瀬の観音を信心し、俄にあゆみをはこぶを、人の気もあのごとくかはる物かと、世間にてこれ沙汰ぞかし。

　この寺の御開帳、七日を古代より判金一枚づつに極めおかれしを、菊屋、二貫目の身代にて三度まで開帳すれば、本願坊をはじめ一山に名を聞き伝へ、またもなき後生願ひ、古今に三度まで一人しての開帳なき事申し侍る。ある時心をつけて戸帳を見しに、かけまくも長竿にして、一端つづきの十端ならびを用捨もなくあげおろしに、半ばことのほか毀《そこ》ね見苦しかりき。菊屋申せしは、「我たびたび開帳せしに、戸帳かく切れ損じけるを、寄進に新しく掛けかへん」といふ。

僧中これをよろこび、都より金襴《きんらん》とりよせあらためける。そののち菊屋申すは、「この古き戸帳を申しうけ、京の三十三所の観音へかけたき」といへば、「安き事」とてつかはしけるを、残らず取りてかへる。

（『日本永代蔵』巻三の三）

近所の寺社にさえ参詣したことのなかった菊屋が、突然大和国の初瀬寺の熱心な信者になった。小質屋を切り盛りして貯めた三〇〇万円の財産から二〇〇万円近くもつかって、三度も開帳したのだから、半端ではない。お寺のほうでは、その信仰心の篤さに感心してしまった。

その上、菊屋は痛んだ戸帳の掛けかえまで申し出た。この段階で、菊屋はすでに財産のほとんど

初瀬寺の観音へ大金を寄進した菊屋。御開帳を拝む（『日本永代蔵』巻三の三）

を費やしたと考えていい。

教会への寄付が習慣になっているアメリカでも、だいたい寄付の相場が決まっている。自分の金をどうつかおうと、その人の自由だが、菊屋のような寄進には、なにか裏があると思ったほうがいい。

読者のみなさんは、だいたい見当がついているだろうが、全財産を賭けてでも菊屋が欲しかったのは、実は古渡りの戸帳だったのだ。

菊屋にとっては一世一代の賭けである。まず寺から信用を得なければならない。痛んだ戸帳の価値を悟られてはならないし、価値を知っている僧には、自分の意図を隠さなければならない。だから、貰い受けた戸帳を仕立て直して、京の三十三所の観音に寄進すると、嘘をついたのだ。

貧乏人相手に非情な商売をしてきた菊屋にとっては飛躍のチャンスである。しかも、初瀬寺の了承を得てのことだから、違法ではない。

乾坤《けんこん》一擲《いってき》、褌を締めなおした一世一代の賭けである。こういうチャンスは、偶然の所産ではない。古い戸帳の価値を見抜いた菊屋の識見と戦略的思考の賜物だった。菊屋の立場から言えば、褒められこそすれ、非難されるいわれはない。商売柄、貧乏から抜け出そうとしない連中の罵詈雑言は聞きなれている。

が、いやな男である。一言でいうなら、かわいげがない。

こういうタイプの「できる男」は、昼休みにＯＬから陰口をたたかれて、出世街道から蹴落とされるに決まっている。変なたとえで恐縮だが、グレーゾーンで政治資金を稼いだ田中角栄が、今でも人気が高いのは、どこか人間的で「かわいかった」からではないだろうか。

この唐織は、当然のことだが、古い時代から伝えられてきた柿地の小釣《こづる》、*19浅黄地の花兎、*20紺地の雲鳳《うんぽう》、*21そのほか変わった模様の布地だった。これみな貴重な茶入れの袋や表具布《きれ》として売ったところ、大金が儲かって家が栄えた。その財産は五〇〇貫目（約七億五〇〇〇万円）と、はたから予想したが、たぶん間違っていないだろう。大金をはたいて開帳したのも、古渡りの戸帳を入手する方便だったのだ。

まったく食えない男だ。一たびは思い通りになったが、もともと、まっとうな金持ちではない。とっくの昔にみじめに落ちぶれて、後には、京橋に出て下り舟の客相手に、焼酎・諸白を請け売りした。うまい話やつらいことでも、世間は、簡単に騙されたりしないものだ。

＊19　小釣——小型の蔓草模様。
＊20　花兎——枠の中に花と兎をあしらった模様。
＊21　雲鳳——鳳凰と雲の模様。

この唐織、中すもおろか、時代わたりの柿地の小釣《こづる》、浅黄地の花兎、紺地の雲鳳《うんぽう》、そのほかも模様かはりぬ。これみな大事の茶入れの袋、表具切に売りける程に、大分の金銀とりて家栄え、五百貫目と脇から指図違ひなし。観音信仰にはあらず、これをすべき手だて、さてもすかぬ男、一たびは思ふままなりしが、元来すぢなき分限、むかしより浅ましくほろびて、

後には、京橋に出て下り舟にたより、請け売りの焼酎・諸白、あまいも辛いも人は酔はされぬ世や。

（『日本永代蔵』巻三の三）

目的のためには手段を選ばぬ菊屋に対して、「さても好かぬ男」「元来すぢなき分限」と西鶴の物言いは辛辣である。世間はそんなに愚かではないという共同体的モラルへの素朴な信頼感を、西鶴はもっていたようである。

この話と対照的なのは、次に取り上げる『日本永代蔵』巻四の二「心を畳み込む古筆屏風」である。これは、唐物《からもの》商い（貿易）に失敗した商人が、長崎丸山遊廓でチャンスをつかんだ話だ。

何はともあれ運を天に任せて、長崎商いをしている人が、筑前の国博多に住んでいた。金《かな》屋《や》とかいうこの商人は、船が一年に三度も嵐にあって難破し、年々の元手をそれにつかい果たしてしまった。残った物は家蔵ばかりで、軒に吹く松風も淋しく、使用人にも暇を出し、妻子もその日暮らしをする哀れな身の上となった。

こうなっては急に何か商売をするというわけにもいかない。今では波の音を聞くのさえ恐ろしく、孫子にこのことを伝えて決して船には乗せまいと、住吉大明神に誓言を立てた。

ある日の夕暮れ、涼風にあたろうと縁側に座って四方の山を眺めていたところ、入道雲が立ち重なって、竜でも昇天するような景色である。雲行きが定まらないように人の財産だっていつどうなるか分からない。我が家も貧しくなると、庭も、手入れしない草木の落葉に埋もれ、いつの間にか雑草の生い茂った家となってしまった。いろいろな夏虫がこの家を野原と思って鳴いている、その声も哀れげである。

ふと見ると、塀向こうの大竹から杉の梢に、蜘蛛が糸を張っている。その糸を渡ろうとした蜘蛛は、風に吹かれて中ほどで糸が切れて、その身は落下し、命を失うところだった。また、糸をかけて渡ろうとすると糸が切れ、三度まで危険な目にあったが、とうとう四度目に渡りきることができた。間もなく巣を張り、飛んでいる蚊がその巣にかかるのを餌にした。

蜘蛛が何度も糸を張るのを見て、あの虫でさえ気長に巣をかけて生活を楽しんでいるのだから、ましてや人間が短気を起こして物ごとをあきらめるべきではないと、このことから思いついて、居宅を売り払い、時期を見計らって少しの輸入品を仕入れた。

昔と違って手代もいないので、自分自身が長崎に下り、宝の市とでもいうべき輸入品の入札に加わった。唐織・薬種・鮫皮、そのほか諸道具を見たが、買っておけば値上がり益を得られるのがわかっていながら、元手にする金銀に余裕がなく、京・堺の大商人に、いいように儲けさせるばかりである。知恵才覚では、あっぱれ人には劣らないけれども、仕方のないこととはいえ、皮袋に取り集めた五〇両ばかりの元手では、ここの商人の数にも入らない。

兎角は天に任せて、長崎商ひせし人、筑前の国博多に住みなして、金屋《かなや》とかやいへる人、海上の不仕合、一年に三度迄の大風。年々の元手打ち込みて、残る物とて家蔵ばかり、軒の松風淋しく、めしつかひの者も暇出だして、妻子も一日暮らしのかなしさ、俄に何に取り付

く島もなく、なみの音さへ恐ろしく、孫子に伝へて舟には乗せまじきと、住吉大明神を心誓言に立て、ある夕暮に端居して涼風を願ひ、四方山を眺めしに、雲の峰に立ち重なり、竜ものぼるべき風情、空定めなきは人の身代、我貧家となれば、庭も茂みの落葉に埋もれ、いつとなく葎《むぐら》の宿にして、万の夏虫野を内になし、諸声の哀れなり。見越しの大竹より杉の梢に蜘の糸筋はへて、是をわたれば嵐に切られて、中程よりその身落ちて、命もあやうかりしに、またも糸かけて伝えば切れ、三度迄難儀にあひしに、終に四度めにわたりおおせて、間もなく蜘の家を作りて、飛ぶ蚊の是にかかるをおのが食物にして、なほなほ糸くりかへすを見て、あれさへ心ながく、巣をかけおおせて楽しむなれば、いはんや人間の気短に物ごと打ち捨つる事なかれと、是より思ひ付きて、居宅売り払ひ、その時を見合はせ、少しの荷物を仕入れ、昔にかはりて手代もなく、我と長崎に下り、人の宝の市にまじはり、唐織・薬種・鮫・諸道具見しに、買へばあがりを受くるを知りながら、金銀に余慶なく、京・堺の者によい事させて、知恵才覚には天晴れ人にはおとらねども、是非なき袋に取り集めて五十両、ここの商人の数にはいらず。

（『日本永代蔵』巻四の二）

唐物商い（貿易）で財産を失った博多の商人が、蜘蛛の巣作りをみて一念奮起した。第四章で述べたが、唐物商いは投機性の強い商売だった。破産した金屋は、失敗を繰り返してもめげない蜘蛛の姿に自分を重ねた。

失敗したことのない企業経営者などいない。そう言ってしまうのは簡単だが、挫折をプラス思考に転換するのは、並大抵のことではない。

中堅スポーツウェア企業の創業者から、戦後の繊維不況時の挫折感をうかがったことがある。その方は、陸軍将校として戦地から復員し、夫や息子の戦死した故郷の婦人たちに職を与えるために、ミシン数台で起業したそうだ。

一昔前の企業には軍隊経験者が多かった。経営者側も労働者側も「滅私奉公」精神というか、企業・個人の利益よりも、社会的貢献を重視する気風があったと思う。だから、アメリカ流の「合理的」経営を志向する現在の経営者が目を剝くような考え方がまかり通り、それが日本の戦後復興を支えた。

繊維会社が倒産寸前になったとき、その会長さんは「会社を潰してはならない、かつ従業員の首を切ってはならない」と決意したそうだ。労働基準法の制約のある日本と違ってアメリカでは労働者を自由に解雇できるなどと、ないものねだりする凡俗経営者とは志の持ち方に雲泥の差がある。

温厚な語り口であったが、その時の会長さんの断固とした口調は忘れがたい。たぶん、私などの想像できない苦衷の果てに得た結論だったのだろう。

結局、試行錯誤を重ねた結果、ある陸軍参謀出身の経済人のアドバイスを受けて、スポーツウェアに生産を特化した。折からの東京オリンピックブームで、経営が持ち直したそうである。

ところで「心を畳み込む古筆屛風」の金屋は、一念奮起したものの元手の少なさが災いして、儲けることができない。知恵才覚は抜きんでていても、資本金が不足していては話にもならない。こういう状況に追いつめられた金屋が、やけくそになって溺れ込んだのは長崎の丸山遊廓だった。

当時の丸山遊廓は、三都の遊里に引けをとらないほど繁盛していた。また女郎が廓から出ることを禁止された吉原遊廓とは違って、遊女が市内を行き来することが認められていた。出島のオランダ人や唐人屋敷の中国人も客だったからである。

儲けにならない商売は見限り、どうとでもなれという気持ちになって、丸山の遊女町に出向いた。羽振りの良かった時分、逢ったことのある太夫を揚げて、今宵で一生の廓遊びの仕納めにしようと、以前の便《よすが》を求め、花鳥《かちょう》という太夫に逢った。初めから浅からぬ思いでのぞみ、常よりしんみりと床入りした。

枕屛風をふと見たところ、両面ともに金箔を置き、古筆切れが隙間なく貼ってあったが、どれを見ても贋物ではなかった。中でも定家の小倉色紙は、名物記に記載されていないものが六枚も貼ってある。見れば見るほど時代紙で、真筆に疑いない。どんな御方がこの太夫に贈ったのだろうかと、欲心が起こって、遊びは二の次になってしまった。

それからは明け暮れ、太夫のもとに通い続け、相手に気に入られるように手管を尽くしたところ、いつとなく太夫も恋に落ち、心中立てに黒髪を惜しまず切るほどの仲となった。それから、例の屛風を欲しいと申し出ると、わけもなく貰えた。取るものも取りあえず、花鳥に別れも告げずに上方にのぼり、つてを頼んで古筆切れを大名衆へ進上し、大分の金子をいただいた。

そして、また昔と変わらない大商人となり、使用人を大勢召しつかうようになった。その後長崎に行き、花鳥を身請けした。花鳥の思う男が豊前《ぶぜん》の漁村にいるということなので、そこへ金銀や嫁入り道具まで何の不足もなくあつらえて縁付けてやった。花鳥はこの上もなく悦び「この御恩は忘れません」と言った。

一度は傾城《けいせい》を騙したとはいえ、こういうのは憎めないやり方である。古筆鑑定の目利きといい、商売の目利きといい、抜け目のない男だと、世間では皆この金屋を褒めたのだった。

はかどらぬ算用捨てて、わざくれ心になりて、丸山の遊女町に行きて、全盛の時に身なし、太夫を、今宵ばかりを一生のをさめと、以前の便《よすが》を求め、花鳥《くわてう》といへるに逢ひそめしより浅からず、常よりしめやかなる枕屏風を見しに、両面の惣金《そうきん》にして古筆明所《あきど》もなく押しけるが、いづれかあだなるはなかりし。中にも定家の小倉色紙、名物記に入りたるほか六枚、見る程時代紙、正筆に疑ひなし。いかなる人かこの太夫には送られしと、欲心発《おこ》りて、遊興は脇になりぬ。それより明け暮れ通ひなれてひなれて上手を仕掛けしに、いつとなく女薦悩《ぢよらふなづ》みて、我が黒髪も惜しからず切る程の首尾になりて、かの屏風貰ひかけしに、子細もなくくれける。取りあへず暇乞《いとま》ひなしに上方にのぼり、手筋を頼み大名衆へあげて、大分の金子申し請けて、また昔にかはらぬ大商人となりて、眷属あまた召使ひ、その後長崎に行きて花鳥を請け出し、願ひの男豊前の浦里にあるなれば、その元へ金銀・諸道具、何に不足もなく拵へ縁に付くれば、花鳥限りもなく悦び「この御恩は忘れじ」と申しぬ。一たびは傾城をたらすといへど、これらは悪《にく》からぬ仕かた、その目利《めき》きぬからぬ男と、世間皆これをほめける。

……

（『日本永代蔵』巻四の二）

『日本永代蔵』巻三の三「世はぬき取りの観音の眼」と巻四の二「心を畳み込む古筆屏風」とは、よく似た話である。前者の主人公菊屋は、初瀬寺の古渡りの戸帳を騙し取り、この話の金屋は、遊女を騙して古筆切れを手に入れた。でも、西鶴（世間）の評価は正反対である。

私などは、騙したという点にかぎって考えれば、寺という組織を騙した菊屋より、一人の女性の心をもてあそんだ金屋のほうが罪深いと思う。しかし西鶴は、目利きの商人がグレーゾーンでチャンスをつかむのはやむをえないと考えていたようだ。

菊屋は信仰心、金屋は恋愛を手玉にとって、大儲けした。問題はその後である。

古渡りの戸帳に目をつけた眼識と、財産を賭けた決断力。もし菊屋が、儲けた金銀の何割かを初瀬寺に還元していれば、世間の評価が変わったにちがいない。そうしなかったのは、非情の世界で生き抜いてきたという過剰な自信ゆえだと、私は思う。

それに比べて金屋の人間らしい点は、挫折を乗り越え、さらには「悪事」を自覚していたこ

遊女の花鳥から屏風を貰い受け、涙ながらに去る金屋（『日本永代蔵』巻四の二）

とである。

花鳥とて枕屛風に貼られた古筆切れの価値を知らないはずはない。当時の高級遊女（太夫）は、その程度の教養は持ち合わせていた。それを惜しげもなく与えたのは、金屋に、何かを感じたからにちがいない。花鳥を裏切ったことを自覚していた金屋は、その花鳥の恩に報いたのだ。

金儲けは、人に損失を与え、場合によっては悪事をなすことでもある。企業間競争に勝つことは、敗れた企業の従業員の職を奪うことでもある。

カネ相手の非情な世界で生きていかねばならない商人（経営者）は、昔から、モラルや社会的責任と金儲け（利潤追求）とのはざまで悩んできた。結局、大切なのは、損をさせた相手も自分と同じなのだという、人としての自覚を持つか否かではないだろうか。

教訓

一、己の悪事を自覚していれば、思いやりが生ずる。
一、金儲けには「かわいらしさ」が必要である。
一、非情な拝金主義者を、社会は許容しない。

第九章

金儲けほど面白きものはなし

…………
金銀はまはり持ち、念力にまかせたまるまじき物にはあらず。
（『日本永代蔵』巻四の一）

金銀はまわりもちだから、一生懸命稼げば貯まらないものではない。

…………
いづれ、人の身代は死なねばしれぬ物に御座候。
（『万の文反古』巻三の二）

今はよさそうに見えても、財産は、その人が死んでみなければわからないものだ。

年収は？　財産、なんぼやろ？

そんなことが気になりだすのは、こちらの品性が卑しいからか、と思いつつ、やはり気になるのが人情だ。特に娘に縁談が舞い込んだとき、たいていの親は、失礼にならない程度に相手側の穿鑿を始める。

お父さんはサラリーマンか？　持ち家に住んでいるの？　等々。

現代では、恋愛結婚が当たり前になったから、娘が選んだ男に親として多少は不満があったとしても、当人どうしが決めたことだからと、まあ大目に見る。

江戸時代には、女性が自分の感情で夫を選ぶことは「男選び」と言って、女性倫理にもとることだったので、娘の結婚相手を決める親の責任は、今よりずっと重かった。

西鶴は、結婚についてこう言っている。

……
一代に一度の商いごと、この損取り返しのならぬ事、よくよく念を入るべし。

…………………

結婚は、一生に一度の大切な取引だ。これで損をしたら取り返しのつかないことなのだから、念には念を入れたほうがよい。

（『日本永代蔵』巻一の五）

結婚に際して、親が見栄を張ることは、江戸時代でも今でも、そう変わらない。息子に貯金がなければ、仕方ないかとあきらめて、人並み以上の披露宴をやらせようと、我が子の結婚費用を親が負担する場合も多い。

私は大学教員という職業がら、披露宴に招かれる機会が多いのだが、バブル期の結婚披露宴には、歌舞伎舞台さながらに花婿・花嫁が会場にせりあがったり宙乗りしたりする、費用のかかりそうな演出もあった。今は、それほどではないにしろ、はでな披露宴が復活してきたようだ。

ドライアイスで煙をたてたり、鳩や風船を飛ばしたり……。一生に一度のことだから他人が文句を言う筋合いではないが、とにもかくにも、親の苦労をしらない雛壇の二人が、楽しそうに笑い声をあげている。親御さんは大変な出費だろうなと、ついつい同情する。

私が結婚した頃は、花嫁が笑うとはしたないと、口うるさい老人から文句を言われたものだが。と、愚痴るのは、まだ結婚が「家」と「家」との縁組みだという意識が、私のどこかに残っているからだろう。結婚が若い二人だけのものになって、花婿も花嫁も満面の笑みをたたえる現在のほうが、顔を隠した花嫁がシクシク泣くような結婚式よりまっとうではある。

現代とは違い、江戸時代の結婚は「家」どうしの結びつきを強めることだった。「家」を裕福に見せることは、信用に直結する。だから西鶴は、嫁をもらう商家の見栄の度が過ぎると、財産の傾く原因になると警告している。

最近の世間の様子を見ていると、富貴な人が暮らし向きを控えめに見せるケースは稀である。身のほどより万事をはでに見せるのは、この頃の人心だが、ほめられたことではない。嫁取り時分の息子を持つ親は、必要のない家の改築や部屋の建て増しをする。家財道具を新調し、使用人を増やして、裕福に見せかける。そうしておいて嫁の持参金をあてにして、それを商売の資金にすることなど、まことに恥ずかしい心底である。外聞のためだけに、嫁の送り迎えの女駕籠《のりもの》を仕立てたり、親戚縁者が見栄の張り合いをしたりして、役にも立たない費用が重なり、ほどなく穴のあいた屋根を修繕する金もなくなり、家の破滅となってしまうものだ。

世の風儀をみるに、手前よき人、表向き軽う見せるは稀なり。分際より万事を花麗にするを近年の人心、よろしからず。嫁取り時分のむす子ある人は、まだしき屋普請、部屋づくりして、諸道具の拵へ、下人下女を置き添へて富貴に見せかけ、嫁の敷銀を望み、商ひの手立てにする事、心根の恥づかしき。世の外聞ばかりに、送りむかひの駕籠《のりもの》、一門縁者の奢りくらべ、無用の物入り重なりて、程なく穴のあく屋根をも葺かず、家の破滅とはなれり。

（『日本永代蔵』巻一の五）

当時の商家の結婚では、嫁入り道具は嫁の財産、持参金は夫側の財産と、所有権がはっきりと分かれていた。だから嫁の持参金を商売の運用資金に回すことはできても、夫の家では嫁入り道具には手が付けられなかった。

これは合理的な慣習（慣行法）だったと思う。なぜなら、その家が破産しても、嫁入り道具の所有権は妻にあると見なされ、分散処分（債務処理）の対象外とされたからだ。いざというときには、着物などの嫁入り道具が妻と家族を護る手段となった。

よくテレビの時代劇などで、不甲斐ない夫のために、若妻が着物を質入れする場面があるが、脚本家が分かって書いているのか知らないけれど、実はこれには重要な意味合いがある。妻は、嫁入り道具の着物を夫に提供する義務はないのだ。それをあえてするというのはよほどのことで、夫に惚れているとか、子供がかわいいとか、特別な理由がなければならない。少なくとも夫に強制されるということは、慣行法的にはありえなかった。

だから、娘がかわいいと思う親は換金性の高い着物に金をかけて、嫁入り道具にした。日本の着物が江戸期に豪華になっていくのには、そんな理由もあったと思う。

武家の慣習を法制化した明治の民法では、妻の財産所有権が不明確になってしまったので、離婚訴訟が起こった場合、経済的弱者である主婦はどうしても不利になった。江戸時代のほうが女性の権利が保障されていたのだ。

ところで、娘をもった親が嫁ぎ先を選ぶときの心得について、西鶴はこう述べている。

娘を持った親は、自分の財産よりはさらに裕福な家を結婚相手に望む。資産のほか、婿の男ぶりや、諸芸に秀でて目立つほどなのを聞き合わせて縁組みする。ところが、小鼓を打つような男は博奕《ばくち》も打つし、実直な手代かと思えば廓遊びを止めない。公の場での付き合いが立派だと人が誉めれば、野郎遊びに金銀をつかってしまう。これを思うと、男ぶりがよくて賢く商売をし、世間に通じて、親には孝を尽くす。さらに人には憎まれず、世の中のためになる人を婿に取りたいと探しても、そんな婿がいるはずがない。もしいたとしても、よい事が多すぎて、かえって難儀なことになるものだ。

　高貴な御方にさえ難点はあるもの。ましてや我々下々の者は、一〇のうち五つぐらいの欠点は大目にみなければならない。小男だろうと、はげ頭だろうとも、商売上手で親から譲られた財産を減らさない人ならば縁組みすべきである。

「あれは何屋の誰殿の婿だ」と噂になり、五節句[*1]に袴・肩衣をスマートに着こなし、紋付小袖に、金拵《ごしら》えの小脇差を差し、あとから丁稚・手代・挟箱《はさみばこ》持ちを従えた、今風で颯爽としている婿は、娘の母親のほうが喜ぶものである。そんな男でも破産すれば、衣類や脇差もみな人手に渡ってしまって、醜男《ぶおとこ》が、紬《つむぎ》を花色小紋[*2]に染めて着たり、裏付きの木綿袴を着たりするよりずっと劣ってみえる。嫁も、高貴な家は別にして、町人の女は、琴を弾くかわりに真綿を引き、伽羅《きゃら》をたくよりは、薪が燃えしぶっているのを、上手にさしくべられるほうがいい。それぞれが分相応な暮らし方をすることこそ見よいものだ。

＊1　五節句——正月七日（人日）・三月三日（上巳）・五月五日（端午）・七月七日（七夕）・九月九

日（重陽）の五祝日。

＊2　花色小紋――薄藍色の地に小紋模様の紬は、地味で実用的な服装。

娘持ちたる親は、おのれが分限より過分に先の家を好み、身代のほか、聟《むこ》の生まれつき、諸芸ありて人の目立つ程なるを聞き合せけるに、小鼓打てば博奕《ばくち》うち、若い者ぶりすれば傾《けい》城《せい》狂ひ止まず。一座の公儀ぶりよき人と人の誉むれば、野郎遊びに金銀をつひやしぬ。これを思ふに、男よくて身過ぎにかしこく、世間にうとからず、親に孝ありて、人に憎まれず、世のためになる人、聟に取りたきとて尋ねてもあるべきや。よい事過ぎて、かへつて難儀あるものぞかし。

上つ方にさへ不祥はあるもの、ましてや下つ方の人、十に五つは見ゆるし、小男なりともはげ頭なりとも、商い口利きて親の譲り銀を減らさなぬ人ならば縁組すべし。あれは何屋の誰殿の聟ぞと、五節供に袴肩衣ためつけ、紋付の小袖に金拵《ごしら》への小脇差、跡より小者・若ひ者・挟箱持ちつれたる当世男見よげにして、娘の母親よろこぶことなり。それも分散にあへば、衣類、刃物もみな人手にわたりて、あしき男の、紬《つむぎ》を花色小紋に染めて着、あるいはまた裏付《うらつけ》の木綿袴着たるよりは劣れり。嫁も、高人の家は格別、民家の女は、琴のかはりに真綿を引き、伽羅の煙よりは薪の燃えしさるをばさしくべたるがよし。それぞれに似合ひたる身持ちするこそ見よけれ。

（『日本永代蔵』巻一の五）

まったく、ごもっとも。

韓流スターみたいな美男の婿を、娘と一緒になって喜ぶ母親は肝に銘ずべきである。

さて、夫に死なれてしまった妻の場合。

江戸時代は「貞婦（女）、二夫にまみえず（貞節な女性はただ一人の男とだけ契る）」という道徳律があって、建前上は再婚できなかった。しかし、当時の日本社会が面白いのは、そんなことは無視して実利をとったことである。夫に先立たれた妻は、武士も商人も実際には再婚するケースのほうが多かった。

西鶴はそういう社会状況を踏まえ、結婚を話題にした前記の叙述の後、同じ章「世は欲の入れ札に仕合」で再婚を拒んだ女性を主人公にした話を書いている。


世間体ばかりを気にして嘘をついて見栄を張る事の多いこの世の中に、時雨の降る奈良坂を越えた春日の里に、曝布《さらし》の買問屋*3を営んでいる松屋の何がしという金持ちがいた。昔は、今の秋田屋、榑屋《くれや》にまさって満開の八重桜のように繁盛し、ここ奈良の都で栄花をつくしては、毎年豊かな春を迎えていた。地酒の辛口銘酒と鱶《ふか》の刺身*4を好み、贅沢三昧に暮らした。

ところが、この家は次第に衰え、天命を知る五〇歳になって、平生の不養生がたたって夫が急死してしまった。妻子に大分の借金を残し、これを譲ったわけだが、人の財産は、死ななければ分からないものだ。

この後家は今年三八歳になる小柄な女性で、ことさらに肌はきめ細かく色白である。ちょっと見には二七、八歳に見え、世間の男の好む現代風な女性だった。亡き夫の菩提を弔うことを忘れ再婚しても不思議ではない容姿だったが、幼い子供を哀れんで、誰が見ても後家だとわかるくらい短く髪を切った。白粉《おしろい》も使わず、口紅を塗るのをやめた唇も色褪せてしまった。普段の服装も、男模様の着物を着て帯も細いものを好んだ。

才覚は男にまさっていたけれど、女の身では鍬を使えないし、柱の修繕も女の手作業ではできかねるので、いつとなく雨漏りする軒に忍ぶ草が茂って、屋敷内は野原のように荒れ果ててた。そこに出没する鹿の声も、普段聞くよりは悲しく聞こえる。恋慕の情は別にしても、死んだ夫が懐かしく思い出され、女の独り身では暮らしがたいことが、今になってわかるのだった。

今時、再婚しないで後家になるのは、夫の死んだあとにたくさんの金銀や家財があって、その遺産が欲しい親類が妻に意見し、まだ若盛りの女に無理やり髪を切らせ、気乗りもしない仏の道をすすめ、夫の命日を弔わせる場合が多い。そういう後家には必ず男との悪い噂が立って、昔からつかっている手代と再婚することも多い。こんな例をあちこちで見聞するが、こんなことになるよりは、初めから他家と縁組みしたほうが世間から笑われることにはならないものだ。

＊3　買問屋――売買の仲介や代金の立て替えなどを行った問屋。
＊4　鱶の刺身――湯がいた鮫肉。山国なので珍重された。

世間体ばかり皆いつはりの世の中に、時雨降り行く奈良坂や、春日の里に曝布《さらし》の買問屋して、有徳人松屋の何がしとてありしが、昔は、今の秋田屋、榑屋《くれや》にまさりて世盛りの八重桜、ここの都に花をやつて、春をゆたかに暮らされ、所酒のから口、鱶《ふか》のさしみを好み、その身栄花に明かし、この家次第におとろへ、天命を知る年になりて、平生の不養生にて頓死をせられける。妻子に大分の借銭を残し、これを譲られける。人の身代、死なねばしれものぞかし。

この後家、今年三十八にして小作りなる女、殊更きめごまかにして色白く、うち見には二十七八、人の好める当流女房、跡を忘れて又の縁にもつきかねざる風俗なりしに、若年の子供をあはれみ、人のうたがはぬ程に髪切つて、白粉絶えて紅花《べに》の唇色さめ、男模様の着物、帯も細きを好み、才覚男にまされど、女の鍬もつかはれず、柱の根つぎも手細工には及びがたく、いつとなく軒もる雨にしのぶ草しげりて、野を内に見る鹿の声、不断聞くよりはかなしく、恋慕の外につれあひの事ゆかしく、女ばかりも世を立てがたき事、今ぞ身に覚えける。

今時の後家立つるは、その死に跡に過分の金銀、家督ありて、欲より女の親類異見して、いまだ若盛りの女に無理やりに髪を切らせ、心にもそまぬ仏の道をすすめ、命日を弔はせける。かならず浮き名立ちて、家久しき若い者を旦那にする事、所々にこれを見及びける。かくあらんよりは外への縁組み、人の笑ふ事にはあらず。

(『日本永代蔵』巻一の五)

遺産どころか、借金を妻に残して死んだ夫。一般的に言って、収入が減ったからと言って、なかなか生活レベルを落とせない。気づいたら借金だけが残っていた……という恐ろしい話である。残された松屋後家は、今風な超美人。「小づくりなる女」と書かれているが、小柄なことは当時の美人の条件で、西鶴の他の作品にもよく出てくる言い方である。

この後家は再婚すると思いきや、髪を切り、男模様の着物に細帯をしめて家業を継いだ。当時の後家は、肩先ぐらいで髪を切った。夫の菩提を弔うため、有髪《うはつ》の尼の格好をしたのだ。

後家になる場合に多いのは、亡き夫の遺産分与の恩恵にあずかろうという親戚の圧力によるケースだと西鶴は書いている。そして不慣れな家業を継いでも、結局は商売に熟達している手代と再婚せざるをえなくなる。手代は家来筋で、それと再婚するわけだから、世間の嘲笑を浴びてしまう。そんなことなら、最初から他家の者と再婚しておくべきだ。

こういう主張は、世間一般の商家の常識を西鶴が代弁したにすぎない。

しかしそのあとの話の展開、借金を抱えた松屋後家を救済する手だてが、読者の意表を突くものだったと思う。そのアイデアに、西鶴の真骨頂があった。

この松屋後家こそ、世の人の手本ともいうべきである。しかし、いろいろ渡世の知恵をしぼっても思うようにはいかず、借金を返済するよい手だても見つからない。次第に貧しくなっていく時、一世一代の決心をして「家を債権者の皆様に渡しましょう」と申し出た。人々は皆同情して、今すぐにその家を取ろうと言う者は一人もいなかった。借金は銀五貫目（約七五〇万円）あったが、この家を売っても三貫目（約四五〇万円）以下にしかならない。後家は

町役人に嘆願し、この家を頼母子《たのもし》の入札《いれふだ》にして売ることにした。

一人から銀四匁（約六〇〇〇円）ずつ取って札を売り、札に当たった人に家を渡すのだが、運に任せて損をしても銀四匁と、多くの人が札を入れたので、三〇〇〇枚の札が入って、銀一二貫目（約一八〇〇万円）受け取ることができた。五貫目の借金を払ったあとに銀七貫目（約一〇五〇万円）が残り、後家はそれを元手にふたたび金持ちとなった。

このとき、人に召しつかわれていた下女が札に当たって、わずか銀四匁の出費で家持ちとなったそうだ。


かの松屋後家こそ、世の人の鑑なれ。いろいろの渡世して心まかせにかなはず、むかしの借銀済むべき調法もならず、次第にまづしくなる時、一生一大事の分別出し、住宅を借方《かしかた》の衆中に渡すべきと申せば、人皆あはれみて、今取るべきと云ふ者一人もなし。借銀五貫目、この家売れば三貫目より内なり。後家町中に嘆き、この家をたのもしの入札《いれふだ》にして売りける。一人に銀四匁づつ取りて、突き当たりたる方へ家を渡すなれば、てんぽにして銀四匁と札を入れける程に、三千枚入りて銀十二貫目請け取り、五貫目の借銀はらひ七貫目残りて、後家二度《ふたたび》これより分限になりぬ。人に召し使はれし下女、札に突き当たりて、四匁にて家持ちとなれり。

（『日本永代蔵』巻一の五）


富くじの景品に債務者の不動産を提供するというアイデアは、実に面白いと思う。もちろん現代では法律の制約があって、こんなことはできないが、銀四匁で家が持てるという「欲」と松屋後家への同情が相乗して三〇〇〇枚の札が売れ、三貫目以下の価値しかない家宅が、一二貫目の儲けを生み出したというわけだ。

人の善意は、「欲」というデコレーションがかかると発揮されやすい。借金を返すために家宅を処分する決心をした松屋後家に同情しても、銀四匁を寄付するという人はいなかっただろう。景品のついた頼母子の札だから買ったのだ。松屋後家の最後の仕掛けが見事に的中したのである。

借金の五貫目を完済し、残った七貫目を元手に松屋は再興した。破産するまで見栄を張り続けた夫に比べて、松屋後家の覚悟と才覚は見事だった。

さて、家族の知らない間に借金を抱えた松屋の家業は「買問屋」である。この問屋は、売買の仲介や代金の立て替えなども行った、現代の商社のような問屋である。したがって手持ち資金が潤沢

松屋後家の家屋の入札に集まった債権者たち（『日本永代蔵』巻一の五）

であるという信用が必要で、金がないからといって生活レベルを落とされないという事情もあった。

西鶴の時代は、商品流通の要となる地で商売する問屋が財力をもった。たとえば、『日本永代蔵』巻二の五「舟人馬方鐙屋の庭」では、北国の物産を大阪に回漕する西廻り航路の起点となった酒田（山形県酒田市）中町に実在した鐙屋《あぶみや》惣左衛門という豪商が描かれている。

鐙屋は船問屋だが、海運業だけではなく「買問屋」として商品の卸売買もしたので、商品を管理する倉庫や諸国の客の宿泊所も備えた大問屋だった。その隆盛は次のように描写される。

ここ酒田の町に、鐙屋という大問屋が住んでいた。昔は細々と旅人宿をしていたが、自らの才覚で商売を拡大し、近年は次第に繁盛するようになった。諸国の客を引きうける北国一の米の買い入れ問屋となり、惣左衛門という名を知らない者はない。

表口三〇間（約五五メートル）、奥行六五間（約一二〇メートル）の屋敷に、さらに家や蔵が建てつづいている。その台所の様子は目を奪われるばかりである。米味噌を出し入れする役、薪《たきぎ》の受け取り役、魚を扱う役、料理人、塗り椀や膳をしまっておく部屋をあずかる役、菓子の担当役、煙草の役、茶の間の役、湯殿役、また使い番の者も決めておき、商売の手代、家計を担当する手代、金銀の渡し役、出納帳の書記役、こんな具合にすべての仕事について、一人に一役ずつ割り振って、効率よい商売をした。

亭主は一年中袴を着て頭を低くし、腰を伸ばしたことがない。内儀は働きやすい衣装を着て居間をはなれず、朝から晩まで笑みを絶やさない。なかなかどうして上方の問屋とは違って、客の機嫌をとり、家業を大切に心がけている様子である。座敷は数かぎりもなくあって、客一人につき一部屋ずつあてがっている。都では蓮葉女《はすは》＊5というが、こちらでは杓《しゃく》と呼ばれる女が三六、七人もいる。下に絹物、上には木綿の縦縞を着て、たいてい今織＊6の後帯をしている。これにも女頭がいて指図をし、客に一人ずつ付けて、寝道具のあげおろしをさせている。

＊5　蓮葉女——問屋が抱える接客婦。客の世話をし、求められれば色を売った。
＊6　今織——京西陣で織りだした唐織。

ここに酒田の町に、鐙屋といへる大問屋住みけるが、昔は纔《わづ》かなる人宿せしに、その身才覚にて近年次第に家栄え、諸国の客を引き請け、北の国一番の米の買入れ、惣左衛門といふ名を知らざるはなし。表口三十間、裏行《うらゆき》六十五間を家蔵に立てつづけ、台所の有様目を覚ましける。米味噌出し入れの役人、焼木《たきぎ》の請け取り、肴奉行、料理人、椀家具の部屋を預り、菓子の捌き、煙草の役、茶の間の役、湯殿役、または使ひ番の者も極め、商ひ手代、内証手代、金銀の渡し役、入帳の付け手、諸事一人に一役づつ渡して、物の自由を調へける。

亭主、年中袴を着て、すこしも腰をのさず、内儀はかるい衣装をして居間をはなれず、朝から晩まで笑ひ顔して、なかなか上方の問屋とは格別、人の機嫌をとり、身過を大事に掛ける。座敷数かぎりもなく、客一人に一間づつ渡しける。都にて蓮葉女といふを、所詞にて杓《しゃく》といへる女三十六七人、下に絹物、上に木綿の立縞を着て、大かた今織の後帯、これにも女頭ありて指図をして、客に一人づつ寝道具あげおろしのために付け置きける。

(『日本永代蔵』巻二の五)

現代の都市ホテルや観光地の旅館などでは、このような業務の分業は当たり前のことだが、今から約三三〇年以前の地方都市の問屋が、同じ業務形態をとっていたことに驚かされる。その大問屋の主人といえば、一日中腰を低くして客に応対し、内儀も笑みを絶やさない。世界でも定評のある日本の接客サービスの原型を見るようである。

米と紅の搬出地であった酒田には諸国の手代が商談に訪れた。

第二章でも取り上げたが、西鶴がこの後で述べる手代の理想像は、戦後日本の復興を牽引した総合商社の企業戦士のようである。まずは読み進めてみよう。

十人よれば十国の客と言われるが、難波津の人もいれば播州網干の人もいる。山城

丁寧な接客と才覚で大いに繁盛する鐙屋(『日本永代蔵』巻二の五)

の伏見衆、京、大津、仙台、江戸の人が、入りまじって世間話をしている。どの人の話を聞いてもみな賢明で、自分の判断に任せられている仕事を一人前にこなせないような者は一人もいない。

普通、手代というのは、年を食った者は、将来独立するために手を打っておくし、若い手代は、遊里で遊び過ぎて、とかく主人に儲けさせないものだ。

これを思うと、遠国へ商売にやる手代は、生真面目な者はよくない。何事も控えめにして、人のやったことを繰り返すだけで、利益を得ることが難しい。胆力があって主人に損をかけるような者のほうが、かえって良い商売をして、取引の損失を埋めることが早いものだ。

十人よれば十国の客、難波津の人あれば播州網干の人もあり。山城の伏見衆、京、大津、仙台、江戸の人、入りまじりての世間咄。いづれを聞きても皆かしこく、その一分を捌き兼ねつるは独りもなし。年寄りたる手代は、我がためになる事をしておく。若い手代は、悪所づかひ仕過し、とかく親方に徳をつけず。これを思ふに、遠国へ商ひにつかひぬる手代は、律義なる者はよろしからず。何事もうちばにかまへて、人の跡につきて利を得る事かたし。また大気にして主人に損かけぬる程の者は、よき商売をもして、取り過ごしの引き負ひをも埋むる事はやし。

（『日本永代蔵』巻二の五）

任せられた仕事をこなせるのは当たり前のこと。誰かが既にやった仕事を追いかけるような消極的な商社員はダメで、会社に損をかけてでも、というぐらいの度胸で取引をするほうが、結局は良い商いをするものだ。

西鶴の文章の「手代」を商社員、「主人」を会社に書き換えてみた。高度経済成長期の日本商社員、現代では日本のお株を奪った観のある韓国企業の猛者みたいな「手代」像である。

元禄期の理想的商人の条件の一つには、こういう攻撃性があった。

この問屋で、数年多くの商人気質《かたぎ》を見てきた。初めてここに着き、馬から下りるとすぐに葛籠《つづら》を開いて、旅装束を京染めの定紋付きの小袖に脱ぎ替え、皺皮《ひきはだ》*7の鞘袋をはずし、新しい足袋・草履に履き替える。鬢《びん》を撫でつけ、くわえ楊枝をし、誰に見せようというのか、身なりを整えたうえ、このあたりの名所を見に行くと言って、まだ仕事をしている手代を案内に連れて行くような人を、今まで何人か見てきたが、そういう商人が出世した例はない。

今は主人に仕えていても、すぐに独立するような人は、目の付け所が他の人と違っている。ここに着くやいなや手代に近寄り、

「たしかに、先月中頃の書状に書いてあったとおりの相場と変わりはありませんか」

「場所によって空模様は変わるものですので、天候の予想がつきにくいのですが、あの山の雲の立ち方は、二〇〇日を待たずに台風がくるとは御覧なされませんか」

「今年の紅花の出来具合は？」

「青苧《あおそ》*8の相場は何ほど？」

と、必要な事ばかりを尋ねる。干鮭《からざけ》*9のように抜け目のない男だったが、まもなく上方の主人より裕福になった。いずれにしても、物にはやり方があるものだ。

＊7　皺皮——皺をつけた皮で、防水のため鞘袋にする。
＊8　青苧——麻の皮。奈良晒布の原料となる。紅花とともに山形地方の主要産物。
＊9　干鮭——北国産の干鮭は目玉を抜かないことによった表現。

この問屋に、数年あまた商人形気《かたぎ》を見及びけるに、はじめての馬おりより葛籠をあけて、都染めの定紋付に道中着物《きるもの》を脱ぎかへ、皺皮《ひきはだ》取りすて新しき足袋草履、鬢《びん》撫でつけて咬《くは》へ楊枝、誰にか見すべき采体《とりなり》をつくろひ、このあたりの名所見に行くとて、用を勤めし手代を案内につれける人、今まで幾人《いくたり》か、して出られし例なし。親方がかりの程なく親方になる人は、気の付け所格別なり。ここに着くといなや面若い者に近寄り、いよいよ跡月中頃の書状の通りと、相場かはりたる事はないか、所々で気色はかはるものにて、日和《ひより》見さだめがたく、あの山の雲だちは、二百日をまたずに風とは御らんなされぬか、当年の紅の花の出来は、青苧《あおそ》は何程と、入る事ばかりを尋ね、干鮭《からざけ》の抜け目のない男、間なく上方の旦那より身代よしとなられける。いづれ、物には仕様のある事ぞかし。

（『日本永代蔵』巻二の五）

鐙屋に着くやいなや、こざっぱりと着替えてそそくさと色里に出かけるような商人が出世した例はない。それに比べて、今は手代でも、すぐ独立して主人になるような人は、到着早々、商品相場を左右する情報を集めようとする。

西鶴のこのような指摘には、情報が儲けを左右するようになったこの時期の流通経済の特徴がよく示されている。簡単に言えば、商人はみな相場師なのだ。他人より、少しでも早く正確な情報を入手することが儲けに直結した。


この鐙屋も、武蔵野のように手広く商売をして、締まりのないところもあった。問屋長者と言われるように、問屋稼業が、何国《いずく》でも、一見繁盛しているように見えて内情が危ういのは、決められている手数料を取るだけではまだるっこく、自分の判断で勝手な商売をしては、たいていは失敗し、顧客に損をかけるものだからである。問屋業に専念して、客の売り物、買い物をもっぱら大切に勤めていれば、何の心配もいらないはずだ。

そもそも問屋の内情は、はたから見ているのと違い、思いのほか、いろいろなことに経費がかかるものである。それを倹約して地味な営業にすると、かえって、必ず商売が傾き、家をつぶすことになる。問屋業は、一年の収支が元日の朝八時前にならないと分からないような、常日頃の収支決算ができない商売なのだ。

鐙屋では、儲けのある時、来年台所で使う品々は、その年の一二月に買っておく。その後は、一年中入ってきた金銀を、長持に穴を明けて、中に落とし入れ、一二月一一日になると、きまって決算をするようにした。この鐙屋こそは確かな買問屋である。金を預けても、夜安心して寝られる宿だ。

この鐙屋も、武蔵野のごとく広う取りしめもなく、問屋長者に似て、何国《いづく》に内証あぶなかりしは、定まりし貢銭とるをまだるく、手前の商ひをして大方は仕損じ、損をかけぬるものぞかし。問屋一片にして、客の売物、買物大事にかくれば、何の気づかひもなし。惣じて問丸の内証、脇よりの見立てと違ひ、思ひの外諸事物の入ることなり。それを実体《じつてい》なる所帯になせば、かならず衰微して家久しからず。年中の足り余り、元日の五つ前ならでは知れず、常には算用のならぬことなり。鐙屋も仕合せのある時、来年中の台所物、前年の極月に調へ置き、それより年中取込み金銀を、長持に落し穴を明けてこれにうち入れ、十二月十一日さだまつて勘定を仕立てける。たしかなる買問屋、銀をあづけても夜の寝らるる宿なり。

（『日本永代蔵』巻二の五）

問屋は諸経費のかかる商売で、日常的な決算が出しにくい。鐙屋では、年末に翌年必要な品物を買っておく。儲けは長持に穴をあけて落とし込んだというのだから、これは巨大な貯金箱である。一見単純だが、合理的な決算方法ではある。

まだあるかどうか知らないが、大阪十三《じゅうそう》の飲み屋で、これと似たシステムを体験して感動したことがあった。ジャイアンツの話は厳禁という飲み屋だったから、およそ店の雰囲気がお分かりになるだろう。

その店には、勘定書やレジがない。客が、その日につから予定の金をテーブルの隅に置いておく。

注文した物、たとえば酒を注文したなら、銚子を持ってきた店員が、その金から代金を持って行く。一本追加すると、その分の代金を持って行く、という具合に、テーブルの金がなくなるまで飲めるというシステムである。

これなら、飲んべえにとっては実にわかりやすい。酔ってくると、つい計算を怠って予算オーバー……レジで酔いの覚める思いをせずに済む。

流通システムが複雑になっても、物々交換の本義に戻ったような単純なシステムが有効な場合もある。

同じ問屋業でも、巻一の五「世は欲の入れ札に仕合」に登場した奈良の松屋は、律義な後家の才覚に焦点があてられた話になっているが、脆弱な経営基盤しか持たない「問屋長者」の典型として描かれた。それに対し、巻二の五「舟人馬方鐙屋の庭」の酒田の鐙屋は、業務の能率化と収支の実態に応じた経営を追求した。

この二話に共通するテーマは、金儲けの才覚と人間としての誠実さである。西鶴は、決して後者を軽視してはいない。

家宅を債権者に渡そうとした松屋後家、腰を低くして客に対応する鐙屋。金銀は回り持ちだからこそ、水が低きに流れるように、誠実さと才覚とを兼ね備えた人のもとに自ずと集まる。

そう考えると、金儲けは人生の縮図ではないだろうか。

教訓

一、善意でカムフラージュされた人の欲心は、金儲けの種になる。

一、能率と堅実、これが経営の基本である。

西鶴を読むために——参考図書案内

本書で主に引用した西鶴町人物のテキスト、一九八五年以降に出版された入門書・一般書、雑誌特集号をあげる。研究書を含めてもっと詳しく知りたい方は、中嶋隆著『新版　西鶴と元禄メディア』（笠間書院、二〇一一年）と中嶋隆編『21世紀日本文学ガイドブック　井原西鶴』（ひつじ書房、二〇一二年）を参照されたい。

❖テキスト

野間光辰校注『日本古典文学大系　第48　西鶴集　下（日本永代蔵・世間胸算用・西鶴織留）』岩波書店、一九六〇年

谷脇理史・神保五彌・暉峻康隆校注・訳『日本古典文学全集40　井原西鶴集3（日本永代蔵・万の文反古・世間胸算用・西鶴置土産）』小学館、一九七二年

麻生磯次・冨士昭雄訳注『対訳西鶴全集12　日本永代蔵』明治書院、一九七五年（※一九八四年版、一九九三年版あり）

麻生磯次・冨士昭雄訳注『対訳西鶴全集13　世間胸算用』明治書院、一九七五年（※一九八四年版、一九九三年版あり）
村田穆校注『新潮日本古典集成　日本永代蔵』新潮社、一九七七年
金井寅之助・松原秀江校注『新潮日本古典集成　世間胸算用』新潮社、一九八九年
谷脇理史・神保五彌・暉峻康隆校注・訳『新編日本古典文学全集68　井原西鶴集3（日本永代蔵・万の文反古・世間胸算用・西鶴置土産）』小学館、一九九六年

❖入門書・一般書、雑誌特集号

富岡多恵子『西鶴のかたり』岩波書店、一九八七年
谷脇理史『浮世の認識者　井原西鶴（日本の作家25）』新典社、一九八七年
市古夏生・藤江峰夫編『江戸人物読本　井原西鶴』ぺりかん社、一九八九年
谷脇理史編『新潮古典文学アルバム　井原西鶴』新潮社、一九九一年
大谷晃一『井原西鶴』河出書房新社、一九九二年
浅野晃・雲英末雄・谷脇理史・原道生・宗政五十緒編『講座元禄の文学2　元禄文学の開花Ⅰ——西鶴と元禄の小説』勉誠社、一九九二年
『大阪春秋　67号〈特集　井原西鶴と大阪〉』大阪春秋社、一九九二年
谷脇理史編『西鶴必携（別冊国文学　45号）』学燈社、一九九三年
谷脇理史・西島孜哉編『西鶴を学ぶ人のために』世界思想社、一九九三年
『国文学　解釈と鑑賞　58巻8号〈特集　西鶴の創作世界〉』至文堂、一九九三年
西鶴三百年祭顕彰会編『西鶴文学の魅力』勉誠社、一九九四年

中嶋隆『NHKブックス　西鶴と元禄メディア——その戦略と展開』日本放送出版協会、一九九四年（※新版は笠間書院、二〇一一年）
読売新聞大阪本社文化部編『平成・西鶴ばなし——元禄マルチタレントのなぞ』フォーラム・A、一九九四年
暉峻康隆『岩波セミナーブックス　西鶴への招待』岩波書店、一九九五年
谷脇理史『江戸のこころ——浮世と人と文学と』新典社、一九九八年
中嶋隆編『週刊朝日百科　世界の文学85　日本Ⅱ　好色一代男　日本永代蔵』朝日新聞社、二〇〇一年
谷脇理史編『江戸文学　23号〈特集　元禄の小説〉』ぺりかん社、二〇〇一年
江本裕・谷脇理史『西鶴のおもしろさ——名篇を読む』勉誠出版、二〇〇一年
浅沼璞編『江古田文学　51号〈特集　西鶴〉』日大芸術学部江古田文学会、二〇〇二年
長谷川強『西鶴をよむ』笠間書院、二〇〇三年
谷脇理史『「好色一代女」の面白さ・可笑しさ（西鶴を楽しむ1）』清文堂出版、二〇〇三年
谷脇理史『経済小説の原点「日本永代蔵」（西鶴を楽しむ2）』清文堂出版、二〇〇四年
谷脇理史『創作した手紙「万の文反古」（西鶴を楽しむ3）』清文堂出版、二〇〇四年
西鶴研究会編『西鶴が語る江戸のミステリー——西鶴怪談奇談集』ぺりかん社、二〇〇四年
富岡多恵子『西鶴の感情』講談社、二〇〇四年（※講談社文芸文庫版は二〇〇九年）
木越治編『西鶴　挑発するテキスト（国文学解釈と鑑賞別冊）』至文堂、二〇〇五年
広嶋進『大晦日を笑う「世間胸算用」（西鶴を楽しむ4）』清文堂出版、二〇〇五年
西鶴研究会編『西鶴が語る江戸のラブストーリー——恋愛奇談集』ぺりかん社、二〇〇六年
中嶋隆・篠原進編『西鶴と浮世草子研究　第一号〈特集　メディア〉』笠間書院、二〇〇六年

谷脇理史『「日本永代蔵」成立論談義――回想・批判・展望（西鶴を楽しむ別巻1）』清文堂出版、二〇〇六年
高田衛・有働裕・佐伯孝弘編『西鶴と浮世草子研究　第二号〈特集　怪異〉』笠間書院、二〇〇七年
浅沼璞『西鶴という鬼才――新書で入門（新潮新書）』新潮社、二〇〇八年
竹野静雄『江戸の恋の万華鏡――好色五人女』新典社、二〇〇九年
西鶴研究会編『西鶴諸国はなし』三弥井書店、二〇〇九年
杉本好伸『日本推理小説の源流「本朝桜陰比事」上・下（西鶴を楽しむ5・6）』清文堂出版、二〇〇九年
谷脇理史・杉本好伸・杉本和寛編『西鶴と浮世草子研究　第三号〈特集　金銭〉』笠間書院、二〇一〇年
諏訪春雄・広嶋進・染谷智幸編『西鶴と浮世草子研究　第四号〈特集　性愛〉』笠間書院、二〇一〇年
西鶴研究会編『西鶴が語る江戸のダークサイド――暗黒奇談集』ぺりかん社、二〇一一年
原道生・河合眞澄・倉員正江編『西鶴と浮世草子研究　第五号〈特集　芸能〉』笠間書院、二〇一一年

跋

私が大阪近郊の女子大に勤めていたとき、女子大生の好む男性のタイプを聞いて、カルチャーショックを受けたことがあった。

「おもろい人」

難波あたりでナンパされるとき、声をかけた男性は、まず自分を笑わせなければいけないのだそうだ。つまり、コメディアンのような一発芸で、とりあえず女性のハートをゲットする。それだけではだめ。話しているうち、やはり「軽い」男は軽蔑されて、人間性豊かな男がもてるのだと言う。

なるほど……。西鶴の小説と同じではないか、と私は思った。西鶴の経済小説は、笑いで読者のハートをつかみ、すぐに役立つ多様な教訓を書き込んだ笑いと教訓とのコラボ小説である。

旧暦八月一〇日は西鶴の命日。菩提寺の誓願寺で、西鶴忌法要が行なわれている。そこに参集される方々は、「大阪人」西鶴を愛する人たちである。西鶴が今でも大阪で慕われているのは、その小説に、現代人が納得するような価値観や人生観、そして笑いが充溢しているからだろう。

本書を書くきっかけを与えてくれたのは、髙橋慶子さんである。私がＮＨＫ教育テレビで六年間「古典への招待」という番組の講師をしていたとき、一緒に仕事をした。髙橋さんが退社されたあと、そのあとを引き継がれた松浦利彦さんとのお二人が、遅筆の私を励まし、おだててくれなければ、本書は日の目を見なかった。記して感謝申しあげる。

中嶋　隆

著者略歴

中嶋　隆（なかじま・たかし）

一九五二年、長野県生まれ。早稲田大学大学院博士課程修了。大谷女子大学専任講師、横浜国立大学助教授を経て、現在、早稲田大学教育学部教授。著書『西鶴と元禄メディア』（ＮＨＫ出版／笠間書院）、『西鶴と元禄文芸』『初期浮世草子の展開』（若草書房）、『西鶴と浮世草子研究　第一号』（共編、笠間書院）など。小説『廓の与右衛門控え帳』（小学館）で第八回小学館文庫小説賞を受賞。

西鶴《さいかく》に学《まな》ぶ
——貧者《ひんじゃ》の教訓《きょうくん》・富者《ふしゃ》の知恵《ちえ》

二〇一二年二月一〇日　第一版第一刷発行

著　者　中嶋　隆
発行者　矢部敬一
発行所　株式会社　創元社
〈本　社〉〒五四一-〇〇四七
大阪市中央区淡路町四-三-六
電話（〇六）六二三一-九〇一〇㈹
〈東京支店〉〒一六二-〇八二五
東京都新宿区神楽坂四-三　煉瓦塔ビル
電話（〇三）三二六九-一〇五一㈹
〈ホームページ〉http://www.sogensha.co.jp/

組版　はあどわあく　印刷　図書印刷

本書を無断で複写・複製することを禁じます。
乱丁・落丁本はお取り替えいたします。
定価はカバーに表示してあります。

©2012 Takashi Nakajima　Printed in Japan
ISBN978-4-422-23028-3 C0039

JCOPY 〈（社）出版者著作権管理機構　委託出版物〉
本書の無断複写は著作権法上での例外を除き禁じられています。複写される場合は、そのつど事前に、（社）出版者著作権管理機構（電話 03-3513-6969、FAX 03-3513-6979、e-mail: info@jcopy.or.jp）の許諾を得てください。

大阪暮らしむかし案内【江戸時代編】
—絵解き井原西鶴—

本渡章著　井原西鶴の浮世草子（小説）とその挿絵を題材に、江戸時代の庶民の暮らし、人間模様を描きだす案内書。絵と物語の細部を読み解きながら、大阪の生活文化がわかる本。　１８００円

大阪古地図むかし案内
—読み解き「大坂大絵図」—

本渡章著　大阪の近世古地図を主題材に、古今の地誌や生活文化を探る案内書。細部を解読・鑑賞する面白さを味わいながら、歴史・地理・文化がわかる本。折込み古地図の付録つき。　２０００円

続・大阪古地図むかし案内
—明治～昭和初期編—

本渡章著　明治～昭和初期の近代古地図を題材に、大阪の地誌・暮らしを探る。細部を読み解く面白さを味わいながら、大阪の歴史・地理・文化がわかる本。折込み古地図の付録つき。　２０００円

大阪名所むかし案内
—絵とき「摂津名所図会」—

本渡章著　近世の大ヒット旅行書「摂津名所図会」から全三六景の名所を厳選し、細部を絵ときする新趣向で江戸時代の大坂へご案内。現代につながる生活文化・歴史・地理がわかる。　１８００円

大阪ことば学

尾上圭介著　いまや全国区になった「無敵の大阪弁」。その背後には人との接触の仕方、表現の仕方など独特の文化がある。気鋭の国語学者が鮮やかに切ってみせたことばの大阪学。　１２００円

隅田川の向う側
—私の昭和史—

半藤一利著　歴史探偵を自認する著者の昭和史原体験。向島での幼少期から漕艇部員として隅田川上で過ごした日々。ユーモラスな語り口で昭和という時代の青春を爽やかに描く。　１５００円

世界はまわり舞台

半藤一利著　昭和三十年代、文士劇の黒子として活躍した若き著者が、舞台裏で見た作家の姿を、歴史、演劇のほか幅広い知識を発揮しながら、ユーモラスに描いたエッセイ集。　１５００円

旧暦読本
—現代に生きる「こよみ」の知恵—

岡田芳朗著　暦研究の第一人者が暦法の基礎から天文学、地方や海外の暦について平易に解説し、全一二章立てで古今東西の暦のすべてが分かる構成。巻末に詳細な五年暦を付す。　２０００円

語り合うにっぽんの知恵

高田公理著　調理をしないことが和食の理想。一六世紀に日本から輸出された茶が英国の紅茶文化を生み出した。忘れられた日本の知恵、知られざる日本文化の底力に光を当てる。　１５００円

ライバル日本美術史

室伏哲郎著　同時代のライバルと切磋琢磨する芸術家たちの生きざまを描きながら、新しい切り口で日本美術の鑑賞のコツを伝える。一二世紀から現代まで三〇人の芸術家が登場。　２０００円

＊価格には消費税は含まれていません。